名著朗读者

遇见更广阔的世界

安子／小马哥 ◎ 著

光明日报出版社

图书在版编目（ＣＩＰ）数据

名著朗读者：遇见更广阔的世界 / 安子，小马哥著
. — 北京：光明日报出版社，2022.3
ISBN 978-7-5194-6280-2

Ⅰ．①名… Ⅱ．①安… ②小… Ⅲ．①世界文学—文学欣赏 Ⅳ．① I106

中国版本图书馆 CIP 数据核字（2022）第 026299 号

名著朗读者——遇见更广阔的世界

MINGZHU LANGDUZHE YUJIAN GENG GUANGKUAO DE SHIJIE

著　　者：安　子　小马哥			
责任编辑：舒　心　曲建文		封面设计：安帛图文	
责任校对：傅泉泽		责任印制：曹　净	

出版发行：光明日报出版社

地　　址：北京市西城区永安路 106 号，100050

电　　话：010-63169890（咨询），010-63131930（邮购）

传　　真：010-63131930

网　　址：http://book.gmw.cn

E-mail：gmrbcbs@gmw.cn

法律顾问：北京市兰台律师事务所龚柳方律师

印　　刷：北京紫瑞利印刷有限公司

装　　订：北京紫瑞利印刷有限公司

本书如有破损、缺页、装订错误，请与本社联系调换，电话：010-63131930

开　　本：145mm×210mm		印　　张：8.5	
字　　数：254 千字		插　　图：99 幅	
版　　次：2022 年 3 月第 1 版		印　　次：2022 年 3 月第 1 次印刷	
书　　号：ISBN 978-7-5194-6280-2			
定　　价：68.00 元			

书中有香

我们一起品味

车水马龙的城市里，有你匆匆的步履
朝九晚五的重复里，有我们对文学的坚持

生活不仅仅是忙碌与追逐，
阅读，是心灵的旅行

让我们一起读尽人世繁华、落英缤纷；让我们一起攀爬知识的台阶，一起来场心灵的旅行。

序

文学是一面镜子，优秀的文学作品能够照出我们的文化和信仰。阅读对人成长的影响是巨大的，一本好书往往能改变人的一生。虽然阅读不能改变人生的长度，但可以改变人生的宽度；虽然阅读不能改变人生的起点，但可以改变人生的终点。

这本书，用阅读的力量，向经典致敬，向庄重文学致敬，用新的形式将文学传递下去。这本书，用最真挚的情感、最美好的文学抚慰人心。

不管你在哪里，只要你有网络，都可以与《品味书香》保持零距离，感受无声的文字、有声的朗读，听作家安子与小马哥解读经典文学作品。

好的文学，永远是直指内心的伟大力量，让我们放慢生命节奏，倾听内心的声音，伴随 FM106.6《品味书香》，体会阅读的享受，感触心灵的慰藉，品味经典名著，翘首诗和远方。

与书为友，以书为鉴，愿书香伴随我们成长，陪伴我们一生。

知识改变命运，阅读收获知识，让我们好好朗读，认真读书，一起感受阅读的力量，走进《名著朗读者——遇见更广阔的世界》。

最后，愿大家通过朗读，爱上阅读，爱上这本书。

目录

Contents

No.1 解读经典女性读物 001

作品 001

导语 002

解读 003

第一部分 《简·爱》003

第二部分 《情人》009

第三部分 《喜宝》013

第四部分 《当你老了》017

No.2 植树节，让我们在书香里一起成长 021

作品 021

导语 022

解读 024

第一部分 《看不见的森林——林中自然笔记》024

第二部分 《树的秘密生活》029

第三部分 《爱心树》034

第四部分 《到非洲去看树》038

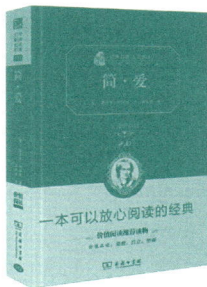

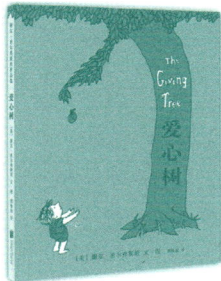

NO.3 清明读书晓人生 041

作品 041

导语 042

解读 044

第一部分 《燕子最后飞去了哪里》 044

第二部分 《云上：与母亲的 99 件小事》 047

第三部分 《活了 100 万次的猫》 051

第四部分 《丰子恺散文精选：人间情味》 055

NO.4 解读经典作品中的生死观 059

作品 059

导语 060

解读 062

第一部分 中外文学作品中的生死观 062

第二部分 《我与地坛》 066

第三部分 《活着》 069

第四部分 《秘密》 073

第五部分 《入殓师》 075

第六部分 《丧钟为谁而鸣》 078

NO.5 解读经典作品中的劳动者形象 081

作品 081

导语 082

解读 084

第一部分 《骆驼祥子》 084

第二部分 《平凡的世界》 089

第三部分 《慈悲》 092

第四部分 《海上劳工》 096

第五部分 《密西西比河上》 100

NO.6 暑期各个大学推荐书目　103

作品　103

导语　104

解读　105

第一部分 清华推荐书目　106

《百年孤独》　107

《红楼梦》　111

第二部分 北大推荐书目　113

《飞鸟集》　114

《复活》　116

第三部分 哈佛推荐书目　118

《居里夫人传》和《安妮日记》　119

第四部分 香港中文大学推荐书目　121

《红楼梦》和《时间简史》　121

第五部分 复旦大学推荐书目　123

《百年孤独》和《白鲸》　123

NO.7 解读经典爱情，品味书香七夕　125

作品　125

导语　126

解读　127

第一部分 《荆棘鸟》　127

第二部分 《傲慢与偏见》　132

第三部分 《呼啸山庄》　135

第四部分 《红楼梦》　137

第五部分 《霍乱时期的爱情》　141

NO.8 开学季的百科畅游 145

作品 145

导语 146

解读 147

第一部分 《昆虫记》 147

第二部分 《这就是二十四节气》 152

第三部分 《时间简史》 155

第四部分 《DK 儿童百科全书》 158

第五部分 《神奇校车》 160

NO.9 解读月亮的味道，品味书香中秋 163

作品 163

导语 164

解读 165

第一部分 《月亮的味道》 165

第二部分 《伊伊，中秋节快乐！》 170

第三部分 《月亮和六便士》 173

第四部分 《从地球到月球·环游月球》 178

第五部分 《月亮宝石》 180

NO.10 解读经典，品味重阳 185

作品 185

导语 186

解读 187

第一部分 《老无所依》 187

第二部分 《大鱼老爸》 191

第三部分 《人生永远没有太晚的开始》 195

第四部分 《一个人的朝圣》 199

NO.11 感恩阅读，品味书香 203

作品 203

导语 204

解读 205

第一部分 《当幸福来敲门》 205

第二部分 《神奇校车——第一次感恩节》 209

第三部分 《辛德勒方舟》 211

第四部分 《爱的教育》 215

第五部分 《日月颂歌》 218

NO.12 盘点 2018 年最值得推介的 5 本好书 221

作品 221

导语 222

解读 223

第一部分 《自在独行：贾平凹的独行世界》 223

第二部分 《小偷家族》 227

第三部分 《2018》 231

第四部分 《教父》 234

第五部分 《希腊棺材之谜》 237

NO.13 2019 年好书盘点 239

作品 239

导语 240

解读 241

第一部分 《北上》 241

第二部分 《与虫在野》 246

第三部分 《儿童粮仓》 249

第四部分 《时间之问》 252

第五部分 《应物兄》 254

No.1
3.9

**解读经典
女性读物**

作品

作品名	主角	作者
《简·爱》	简·爱	夏洛蒂·勃朗特
《情人》	法国少女	玛格丽特·杜拉斯
《喜宝》	喜宝	亦舒
《当你老了》		叶芝

导语

《简·爱》影片海报

　　昨天是三八妇女节，是广大女性朋友们的节日。今天，《品味书香》给女性朋友们介绍一些适合女性阅读的经典作品，希望这些作品能够给姐妹们带来更多的希望、快乐、光明和幸福。

　　说起经典女性作品，我们就不能不提及夏洛蒂·勃朗特的《简·爱》，玛格丽特·杜拉斯的《情人》和《来自中国北方的情人》，玛格丽特·米切尔的《乱世佳人》，考琳·麦卡洛的《荆棘鸟》，渡边淳一的《失乐园》，大卫·赫伯特·劳伦斯的《虹》，西蒙娜·德·波伏娃的《第二性》，还有莎士比亚的《罗密欧与朱丽叶》，艾米莉·勃朗特的《呼啸山庄》，以及亦舒的《喜宝》，王小波的《黄金时代》，四大名著之一《红楼梦》，等等。这些作品以优美细腻的文笔和感人至深的情节，触动了一代又一代女性的心灵，而这些作品中的经典女性人物，也影响了一代又一代的女性，让女性学会了自尊自爱，自强自立。

　　今天，我们就以夏洛蒂·勃朗特的《简·爱》、玛格丽特·杜拉斯的《情人》、亦舒的《喜宝》以及叶芝的《当你老了》为主要赏析作品，为大家解读这些经典的女性读物。

> **解读**

第一部分 《简·爱》

小马哥：

亲爱的听众朋友们，大家好，三八妇女节刚刚过去，先送大家一句迟到的祝福，顺祝新的一年万事如意。今天，我们照旧请来了我们的老朋友——作家安子，一起来解读经典女性读物。

安子：

大家好，新年的气氛刚刚过去，三八节就又给女性朋友们增添了新气象，安子在这里，先祝大家在新的一年里万事如意，祝所有的女性朋友新年新气象，青春永驻，快乐常在。

说起经典女性读物，其实，从文字角度讲，并没有女性读物和男性读物的严格区分；不过就题材而言，女性相对更喜欢情感类作品，而男性相对更偏向于战争题材和财经题材。然而事实上，情感和战争，以及历史、财经，在

夏洛蒂·勃朗特，英国女作家。她与两个妹妹，即艾米丽·勃朗特和安妮·勃朗特，在英国文学史上有"勃朗特三姐妹"之称。

大多数文学作品中，都是相互交融的，并不是分裂开来的。比如大家熟知的《乱世佳人》，描述的就是美国南北战争时期，以女性为主角的一系列人物的命运。再比如《红楼梦》，揭示了在动荡的历史时代一个家族的变迁。不过相对而言，作品的侧重点有所不同，作品的性别就不同。如果可以用性别来区分作品的话，那么我想，经典女性读物就是文学作品中漂亮、高雅、优美和理性的女性吧。

小马哥：

把经典女性读物比喻成文学作品中的女性，这个比喻很有趣。那么安子，先给我们说说，都有哪些经典女性读物吧！

安子：

相信很多听众朋友们，都能说出一些经典的女性读物，比如夏洛蒂·勃朗特的《简·爱》，玛格丽特·杜拉斯的《情人》和《来自中国北方的情人》，玛格丽特·米切尔的《乱世佳人》，考琳·麦卡洛的《荆棘鸟》，渡边淳一的《失乐园》，大卫·赫伯特·劳伦斯的《虹》，波伏娃的《第二性》，莎士比亚的《罗密欧与朱丽叶》，艾米莉·勃朗特的《呼啸山庄》，亦舒的《喜宝》，王小波的《黄金时代》，张爱玲的《倾城之恋》，村上春树的《挪威的森林》，钱钟书的《围城》，泰戈尔的《飞鸟集》，圣·埃克苏佩里的《小王子》，小仲马的《茶花女》，司汤达的《红与黑》，简·奥斯丁的《傲慢与偏见》，斯蒂芬·茨威格的《一个陌生女人的来信》，加西

夏洛蒂·勃朗特 1816 年生于英国北部约克郡豪渥斯的一个乡村牧师家庭。母亲早逝，8 岁的夏洛蒂被送进一所专收神职人员孤女的慈善性机构——柯文桥女子寄宿学校。15 岁进入伍勒小姐办的学校读书，几年后在这个学校当教师。后来她做过家庭教师，最终投身于文学创作。1847 年，夏洛蒂·勃朗特出版长篇小说《简·爱》，轰动文坛。

亚·马尔克斯的《霍乱时期的爱情》，川端康成的《雪国》，列夫·托尔斯泰的《安娜·卡列尼娜》，雨果的《悲惨世界》，曹禺的《雷雨》，海伦·凯勒的《假如给我三天光明》，路遥的《平凡的世界》，张爱玲的《金锁记》，列夫·托尔斯泰的《复活》，莫泊桑的《项链》，还有舒婷的《致橡树》，威廉·巴特勒·叶芝的《当你老了》，沃尔特·惠特曼的《草叶集》，杨绛的《我们仨》，张小娴的《面包树上的女人》，王安忆的《长恨歌》，高尔基的《母亲》，等等。

太多了，就像天上的星星，数都数不过来。

小马哥：

安子，你说了这么多的经典女性作品，其中有一部，我相信大部分听众看过，那就是《简·爱》，我们不妨从这部作品入手吧？

安子：

好的！《简·爱》这部作品应该算是少女们的必读作品。我记得我是十三四岁时看的这部作品，当时正好是暑假，我一个人在家里，看得眼泪汪汪。特别是看到罗切斯特先生因为疯妻放火，失去了一条胳膊和一只眼睛，另一只眼睛也失明的时候，我哭得一塌糊涂。最后看到简·爱和罗切斯特先生终于相爱相伴时，内心才算平静下来。

《简·爱》主要描述了出身卑微、其貌不扬，但又不安于现状的女主人公简·爱自尊自爱、追求幸福、独立坚强的一生。

《简·爱》是英国文学史上的一部经典之作，它成功地塑造了一位对爱情、生活、社会以及宗教都秉持独立自主、积极进取的态度，并敢于斗争、敢于争取自由平等的地位的女性形象。虽然书中的故事是虚构的，但是女主人公简·爱以及书中其他人物的生活、环境，甚至许多生活细节，都取自作者及其周围人的真实经历。《简·爱》的问世曾经轰动了19世纪的文坛，吸引了成千上万的读者。

简·爱是一个贫苦低微、其貌不扬、性格倔强、感情丰富、独立自尊、勇敢执着、聪慧过人的女孩。她努力把握自己的命运，她对自己有着理性的认识，对幸福和情感有着坚定的追求。她自尊自主、叛逆反抗，追求精神上的自由、平等，她感情炽烈，敢于追求真正意义上的、完整的爱情。

简·爱经历了人生的种种磨难。小时候，她寄居在舅妈里德太太家，寄人篱下，受尽歧视和欺凌，从小就体会到了什么是不公，从小就萌生了反抗不公、追求平等的独立意识。后来简·爱去了洛伍德学校，在学校里，简·爱经历了两个完全不同的生活阶段，可以说这两个生活阶段简直是天壤之别。在最初进入洛伍德学校时，牧师的教育方式惨无人道，这让简·爱对宗教的本质有了自己的认识，反抗精神更为强烈。后来，善良的坦普尔小姐出现了，她的谆谆教导使简·爱在洛伍德度过了八年最为平和的日子。后来，坦普尔小姐结婚，离开了洛伍德，于是简·爱对洛伍德的情感也就随着坦普尔小姐的离去而发生巨变，没有了坦普尔小姐，洛伍德就不再是她的家。于是，她开始了人生的第三段历程，也是简·爱最重大的一次抉择——离开洛伍德，到桑菲尔德做家庭教师。也就是在桑菲尔德，简·爱遇到了罗切斯特，并开始追求真爱，追求自由的爱情和婚姻，追求男女平等。然而，当简·爱和罗切斯特举行婚礼时，罗切斯特那终年被关在阁楼里的疯妻的弟弟梅森先生揭穿了罗切斯特已婚，而且妻子还活着的事实。这让简·爱倍感愤怒，愤然地离开了桑菲尔德。离开桑菲尔德之后，简·爱在沼泽里流浪乞讨了三天，奄奄一息的时候被沼泽山庄的圣约翰一家所救。后来，简·爱在这里遇到了她的表哥、表姐，这让她得到了梦寐以求的亲情，再后来，她又从叔叔那里继承了两万英镑的遗产，她与表哥、表姐们平分了遗产。就在圣约翰神父向简·爱求婚时，她却在冥冥中听到了罗切斯特的呼唤。于是她毅然回到桑菲尔德。然而，再次回到桑菲尔德，简·爱看到的罗切斯特，却已经两只眼睛什么也看不见了，一只手严重烧伤。罗切斯特的疯妻烧了房子，自己也摔死了，罗切斯特为了救疯妻，变成了如今的模样。然而此刻的简·爱，却没有因为罗切斯特的伤残而沮丧，相反，在她心里燃起了真爱的火焰。简·爱的内心是独立的、是自由的，她毅然地与罗切斯特结婚，当起了罗切斯特的妻子和护士。两年以后，命运垂青这对恩爱夫妻，他们有了自己的孩子，罗切斯特的一只眼睛也恢复了视力。简·爱的故事就这样圆满地结束了。

小马哥：

听安子讲完《简·爱》的故事，我们仿佛又重读了一遍这部经典的世界名著。那么，安子，这本书对女性朋友们有什么启发呢？

安子：

这本书体现了对女权主义的追求。简·爱从小时候起就叛逆，追求平等和自由，自立、自尊，体现了对女权主义，以及对女性独立解放的强烈追求。这本书通过简·爱的成长，告诉广大女性朋友们，不管身处什么样的环境，不管遭遇怎样的挫折，永远要保持女性应有的自尊和自爱，保持女性应有的独立和自强。不管人生如何，要永远对人生、对世界、对未来，充满希望和向往，就像简·爱一样，勇敢地离开洛伍德，去追寻自己的人生。

事实上，很多时候，禁锢我们的，不是别人，而是我们自己。我们不敢迈步向前，不敢去争取自己的权利，我

罗切斯特是桑菲尔德庄园的庄园主，他拥有财富，三十六七岁，比简·爱大了近二十岁。罗切斯特心地善良，表面上看起来有些冷漠，有点顽固。罗切斯特身体强健，不算英俊，但面孔坚毅，有一头浓密的黑鬈发和一双又大又亮的黑眼睛。他热情奔放，敢作敢为，敢爱敢恨，极富同情心。

1944年电影《简·爱》海报

们甚至不敢提出自己的要求，不敢追求自己的幸福，不敢追求自己的理想。所以，真正的女人，一定要勇敢，相信自己可以走入这个广阔的世界，而且除了你，没有人可以阻挡你未来的幸福。

罗切斯特爱上了简·爱，就是因为简·爱身上有很特别的、能吸引他的特质。用书中罗切斯特的原话来说："简·爱身上有一种全新的东西，一种新的活力和新的感觉，不知不觉传遍了我的全身"。

那么我建议每个女人都牢记简·爱的一段话，那就是简·爱和罗切斯特谈论婚姻时，曾经义正词严地对罗切斯特说的一段话：

你认为我没有钱财、家世寒微、长相普通、身材矮小，所以我就没有灵魂、没有心吗？你想错了！我跟你一样有灵魂，也同样有一颗心！我现在不是凭着肉体凡胎跟你说话，而是我的心灵在和你的心灵说话，就好像我们都已经离开人世，两个人平等地站在上帝面前——因为我们本来就是平等的。

语录："要是上帝曾赋予我一点美貌、大量财富的话，我也会让你难以离开我，就像我现在难以离开你一样。"

——《简·爱》

第二部分 《情人》

小马哥：

安子，除了大家耳熟能详的《简·爱》，还有什么作品适合女性阅读呢？特别是在这个春暖花开的季节，我想女性朋友们都希望读到更多有关情感的作品吧。

安子：

说到有关情感的作品，有很多，比如王安忆的《长恨歌》，亦舒的《喜宝》，渡边淳一的《失乐园》，大卫·赫伯特·劳伦斯的《虹》。这里我推荐女性朋友们看一看玛格丽特·杜拉斯的《情人》。

我记得我是在 23 岁的时候看的《情人》。从那开始，我疯狂地爱上了玛格丽特·杜拉斯。她早期的作品和后期的作品，风格略有差异，但是有一个共同点，那就是画面感极强，非常好看，情感极为细腻，几乎每一句话都是一个动人的场景。

相信很多人熟悉这样一段话：

"我已经老了。有一天，在一处公共场所的大厅里，有一个男人向我走来。他主动介绍自己，他对我说：'我认识你，永远记得你。那时候，你还很年轻，人人都说你美，现在，我是特地来告诉你……我更爱你现在备受摧残的面容。'"

这段话，就出自杜拉斯的《情人》，上海译文出版社

玛格丽特·杜拉斯(1914 年 4 月 4 日—1996 年 3 月 3 日)，原名玛格丽特·陶拉迪欧，法国作家、电影编导。代表作有《广岛之恋》《情人》等。

玛格丽特·杜拉斯 1914 年出生于法属印度支那嘉定市，即今日越南胡志明市，18 岁时定居巴黎。自 1942 年开始发表小说，1950 年出版的《抵挡太平洋的堤坝》使杜拉斯成名。1984 年发表《情人》，获得当年龚古尔文学奖。

《情人》是法国当代著名的小说家、剧作家、记者和电影艺术家玛格丽特·杜拉斯的代表作。小说从不同的视角揭示了现代法国社会中男女对性爱的感悟和反思，折射出西方世界感情生活的不同侧面。

《情人》是一部带有自传色彩的作品，以法国殖民者在越南的生活为背景，描写了一名贫穷的法国少女与富有的华裔少爷之间深沉而无望的爱情，笔触深达人性中某些最根本、最隐秘的特质，引人深思。

出版，王道乾翻译的译本。很多读过《情人》的读者，因《情人》而爱上杜拉斯，爱上她那唯美的诗一般的文字，爱上那个发生在闷热潮湿的西贡的爱情故事，一个法国少女与富有的来自中国的年轻情人之间的故事，爱上那个梦幻般的情人。

杜拉斯是女人，作为作家，她将少女的心思写得非常生动、细腻而真挚。一位在渡轮上头戴男士礼帽，两条辫子垂在胸前，穿着破旧的由母亲的连衣裙改成的裙子的贫穷的法国少女，与一位坐着像黑色的房子一样大的汽车，风度翩翩，穿一身浅色西装的年轻、英俊、高挑的中国男人的爱情故事。

这个故事是那样迷人，那样让女人沉醉。陷入爱情的少女，是时时刻刻都牵挂着对方、时时刻刻都痴迷着对方的。

小马哥：

哦，刚才那段话，的确经常看到、听到，不过《情人》这本书，也许有不少听众朋友没有读过。我就没有读过这部作品。

安子：

这部小说描写的几乎完全是纯粹的女性心理，如果不懂女人，可能不会觉得好看，甚至可能会觉得矫情。但是对于女性，特别是少女，这份情感却是像火一样真挚热烈的，甚至可以烧毁她所有的生活的勇气，却又可以点燃她全部的生活渴盼。

看完《情人》，可以接着看《来自中国北方的情人》。

这两本书虽然是两个不同的故事，但是风格和基调一致，可以让你接着过把瘾。

在《来自中国北方的情人》里有一段对白：

她问："我们永远见不着了，永远？"

"永远。"

"除非……"

"不。"

"会忘吗？"

"不会。"

"有一天会爱上别的人？"

"是的。"

"有一天会谈起我们，跟新结识的人，说当时的情形……"

"然后，再往后，很久以后的某一天，将写下这个故事。"

"我不知道。"

后来，我看了一部电影——周迅和贾宏声主演、娄烨导演的作品《苏州河》，我突然想到了这段台词。

《苏州河》里也有一段类似的台词：

"如果有一天我走了，你会像马达一样找我吗？"

"会。"

"会一直找吗？"

"会。"

"会一直找到死吗？"

"会。"

"你撒谎。像这样的事情，只有爱情故事里才会有。"

语录：当紧张而忙碌的生活将疲惫和无奈涂抹到她们的脸上，渗透到她们的内心的时候，一个陌生的抑或是熟悉的声音穿过现实生活的喧哗，真切地停留在她们的耳畔："我认识你，永远记得你。那时候，你还很年轻，人人都说你美，……对我来说，现在的你比年轻的时候更美，与你那时的容貌相比，我更爱你现在备受摧残的面容。"

——《情人》

"你不信？"

"不信。"

这完全是女人的心思啊！

杜拉斯写出了女人永恒的期盼，期盼一份永远浓烈的爱情，一份永远不会消逝、不会退却的爱情。

在《情人》这本小说的最后，50 年过去了，那个中国口音的情人，打电话给女主角。他对她说，和过去一样，他依然爱她，他根本不能不爱她。他说他爱她，将一直爱到他死。

这就是《情人》的结尾，事实上，这也是全天下女人的初衷，那就是不管你到底娶了谁、我嫁了谁，你还爱着我，并且爱我一生一世。

听起来很不讲道理吧？不过女人其实就是这么不讲道理的。在很多女人心里，永远藏着一个初恋情人。

语录： 也许经历过岁月磨砺的女性不会幼稚到回头去寻觅那个岁月深处的身影，但也无法抑制如云雾般在内心飘浮的激情和渴望。

——《情人》

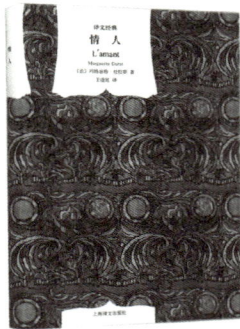

第三部分 《喜宝》

小马哥：

安子，听你这么一说，我想起了那句话：女人心，海底针。看来女人的心思真的很难琢磨啊！

安子：

哈哈，其实女人很多时候就是过于感性——和男性相比，女性的感性思维大于理性思维，我们不管这种情感是否合乎逻辑，是否合乎世俗的评判。我们爱了，就是爱了；爱了，就希望那个被我们爱着的人，能够了解，能够知道，并且能够同样地深爱着我们。

小马哥：

爱情是文学作品中永恒的主题，女人是男人心中永远的谜。

安子：

其实经典女性读物，就是鼓励女性朋友，在生活中，在情感的道路上，坚持自我，独立自主，这也是女性解放的主导思想。换位思考，如果女人们不是像这些经典女性读物中所描写的一样细腻、温柔和自立，坚持自己的爱情，追求自己的爱情，男人们还会那么痴迷吗？还会为像《乱世佳人》里的郝思嘉、像简·爱、像亦舒的小说《喜宝》

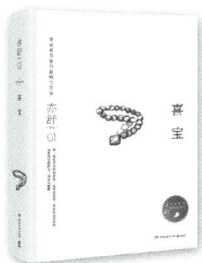

摘录：她一定来自个好家庭，好家庭的孩子多数天真得离谱的。
——《喜宝》

里的喜宝一样的女人着迷吗？

小马哥：

哦，说到亦舒，我记得去年春节后不久，我们一起解读过亦舒的作品《我的前半生》。那么今天，安子，你能不能给我们再解读一下，你刚才提到的亦舒的作品《喜宝》呢？

安子：

好的。

《喜宝》讲的是家境贫寒的剑桥高才生姜喜宝，被朋友勖聪慧拉去参加自己的订婚家宴。勖聪慧有意撮合喜宝和她哥哥勖聪恕，然而喜宝最终被勖聪慧的父亲勖存姿追求的故事。

喜宝很有意思，她在勖家父子的双双追求下，非常现实地选择了勖父，于是她得到了想得到的一切，甚至更多。

很多听众朋友们都听过这句话："于是喜宝说，我一直希望得到很多爱。如果没有爱，很多钱也是好的。"这是拜金女郎们在面对物质世界的时候惯用的一句话。这就是亦舒的作品《喜宝》里姜喜宝说的话。

事实上，喜宝的选择在最初看来是对的，因为勖存姿给了喜宝她想得到的一切，她再也不用过穷日子了。而且，她残酷地拒绝了单纯的勖聪恕，看起来真的是很理智、很清醒，对勖聪恕的父亲勖存姿也很忠诚，以致勖聪恕最终因此而进了精神病院。

然而，事实上，少不更事的少女，怎么会知道金钱背后的寂寞？

亦舒，原名倪亦舒，香港著名作家倪匡的妹妹。1963 年，亦舒发表了首部个人小说集，开始了她的写作生涯。她的代表作有《喜宝》《天若有情》《在那遥远的地方》等多部作品。其中《玫瑰的故事》改编为电影，《我的前半生》改编为电视剧。

老祖宗说过：有情饮水饱。没有爱，即便是有很多很多的钱，最终还是逃不掉内心的荒凉和贫瘠。喜宝做了勖存姿的女人后，虽然得到了金钱与物质上的满足，却最终耐不住感情的寂寞和空虚，她还是希望得到更为实在的爱情和属于自己的生活。最终，勖存姿发现喜宝另有所爱，冷酷地当着喜宝的面，枪杀了她的男友。

后来，一直貌似非常清醒的喜宝绝望了，但她怎么也逃不脱勖存姿的牢笼。直到几年后，勖存姿去世，喜宝变成富有的女人，她才算有了自由，然而她的青春、爱情和生命的活力，也都已经消散殆尽。

小马哥：

这么说，喜宝是一个反面典型，不劳而获，丧失自我，最终也丧失了青春和活力。

安子：

其实在现实生活中，也有一些女性活得像喜宝一样，表面看起来很清醒、很幸福，然而却始终没有自我。我建议女性朋友们在这个春天，不妨好好读一读《喜宝》。谁都希望嫁得好，然而什么是真正嫁得好呢？你嫁给的是一个真心爱你的男人，一个可以和你同心协力，一起在生活中共同追求、共同努力的男人，还是嫁的是一个把你当花瓶一样养着，而不关心你的未来、你的追求、你的喜怒哀乐、你的希望和你的活力的男人呢？

中国有句老话，叫作夫妻同心，其利断金。其实两个人过日子，基础条件好不好并不是特别重要。我40岁了，

摘录：事无大小，若非当事人本身，永远没法子明了真相。

世上的人原本如此，要踩大家一起踩一个人，要捧起来争着捧。

犯不着吃回头草，往前面走一定会碰到新的。
——《喜宝》

见多了人生的故事。太多婚姻，开始基础条件很好，但两个人就是因为条件太好，无所事事，各种作，最终不是走向离婚，就是走向衰落。也有很多夫妻最初一起打江山，等真的富起来了，家庭经济自由化，家庭财富极大化的时候，却不能再相依相守了。所以爱情最重要的不是经济基础，而是两个人的心是否能够真的在一起。说来说去，还是女人最初的那个梦想，就是愿得一人心，白首不相离，这才是女人一生真正的幸福。

2020 年 10 月 16 日，电影《喜宝》在全国上映。影片讲述了出生在贫困家庭中的女孩姜喜宝（郭采洁饰），从小到大吃尽贫穷的苦头，对于金钱有着强烈的渴望。一次偶然的机会，她在飞机上结识了名为勖聪慧（李彦漫饰）的女孩，并且得知勖聪慧是衔着金汤匙出生的千金小姐。聊得格外投机的两人很快就成为好朋友。

通过勖聪慧，姜喜宝和她的父亲勖存姿（张国柱饰）相识。勖聪慧本想撮合喜宝和自己的哥哥勖聪恕（曹恩齐饰），哪知道喜宝竟深深吸引了自己的父亲勖存姿。抵挡不住勖存姿的金钱攻势，喜宝成为他的情妇。虽然经济上得到了极大的满足，但喜宝很快就再度被灵魂的空虚所吞噬。

第四部分 《当你老了》

小马哥：

其实，不仅是女人，男人也一样渴望白头偕老。我想起一首诗，叫作《当你老了》。安子，说了那么多有关情感的小说，给我们解读一下这首有关情感的经典诗歌如何？

安子：

好啊。小马哥刚才提到的这首诗，真的是非常经典的一首情诗，作者是1929年诺贝尔文学奖获得者——威廉·巴特勒·叶芝。歌曲《当你老了》就是根据这首诗改编的，相信很多听众都听过这首诗歌。这是威廉·巴特勒·叶芝献给女友的爱情诗篇。

小马哥，请您为听众朋友们朗诵一遍这首诗歌，如何？

小马哥：

好。

当你老了，头发白了，睡思昏沉，

在炉火旁打盹时，请取下这部诗歌，

慢慢读，回想你过去眼神的柔和，

回想它们昔日浓重的阴影；

多少人爱你青春欢畅的时辰，

爱慕你的美丽，假意和真心，

威廉·巴特勒·叶芝（1865 年 6 月 13 日 —1939 年 1 月 28 日），亦译"叶慈"，爱尔兰诗人、剧作家和散文家，著名的神秘主义者，是"爱尔兰文艺复兴运动"的领袖，也是艾比剧院的创建者之一。叶芝的诗受浪漫主义、唯美主义、神秘主义、象征主义和玄学诗的影响，形成了独特的风格。

只有一个人爱你朝圣者的灵魂，

爱你衰老了的脸上痛苦的皱纹；

垂下头来，在红火闪耀的炉子旁，

凄然地轻轻诉说那爱情的消逝，

在头顶上的山上它缓缓地踱着步子，

在一群星星中间隐藏着脸庞。

安子：

多美的诗歌啊！诗人把爱情的浅薄、甜蜜、欺瞒、悔恨、平静用一首诗都表达了出来。这首诗仿佛是表面平静的大海，深处却有火山在沸腾。它只是静静地诉说时光流转中爱情的永恒，却感动了全世界的男人和女人。

其实爱情真的是一件漫长的事情，它是初恋的心跳，也是柴米油盐的争吵；是日复一日的相伴，也是数年如一日的坚守。就像这首诗歌里写的一样，"多少人爱你青春欢畅的时辰，爱慕你的美丽，假意和真心，只有一个人爱你朝圣者的灵魂，爱你衰老了的脸上痛苦的皱纹"。

在年轻的时候，我们也许会像喜宝一样，被那些追求我们的男人蒙蔽了眼睛，以为得到了金钱，得到了财富，就得到了爱情。然而时间终会告诉我们，真正的爱情，是日复一日的陪伴，是风风雨雨后的不离不弃，就像简·爱回到罗切斯特身边，就像《情人》里那个有着中国口音的男人半个世纪后打来电话说："我爱你。"

很多人说，现实生活里的爱情不像文学作品里的爱情一样轰轰烈烈，其实，不是没有爱，也不是不够热烈，而

《当你老了》是威廉·巴特勒·叶芝于 1893 年创作的一首诗歌，是他献给女友毛特·冈妮热烈而真挚的爱情诗篇。诗歌语言简明，情感丰富真切。诗人采用了多种艺术表现手法，诸如假设想象、对比反衬、意象强调、象征升华，再现了诗人对女友忠贞不渝的爱恋之情。

是身在此山中。那个天天和你一起面对生活，一起养儿育女，一起照顾老人，一起走过每天、每月、每年的人，还需要像文学作品里的男主人公一样，对你说"我爱你"吗？他每天的付出和每天的陪伴，就是最长情的告白。

亲爱的姐妹们，安子请大家收听完今天的节目后，给那个爱你的，或者日日陪伴你的人，说一句"谢谢你"，因为有他的陪伴，你的生活才更加自如而快乐。

从前有一棵大树……

NO.2
3.15

植树节，让我们
在书香里一起成长

作品

作品名	主角	作者
《看不见的森林——林中自然笔记》	坛城	戴维·乔治·哈斯凯尔
《树的秘密生活》	树	科林·塔奇
《爱心树》	一棵苹果树和一个男孩	谢尔·希尔弗斯坦
《到非洲去看树》	企鹅代代	英子著，橙子墨绘

植树节源于3月12日孙中山先生逝世纪念日。中山先生生前十分重视林业建设。他任临时大总统的"中华民国"南京政府成立不久，就在1912年5月设立了农林部，下设山林司，主管全国林业行政事务。1914年11月颁布了我国近代史上第一部《森林法》，1915年7月，政府又规定将每年"清明"定为植树节。将孙中山先生与世长辞之日定为我国植树节，也是为了缅怀孙中山先生的丰功伟绩。

在刚刚过去的这个周二，也就是3月12日，是"植树节"，不知道大家有没有去植树。"植树节"是一些国家以法律形式规定的，以宣传森林效益、动员全民造林为活动内容的节日。按时间长短，可以分为植树日、植树周或植树月，总称植树节。通过植树活动，激发人们爱林、造林的感情，提高人们对森林功用的认识，促进国土绿化，达到爱林护林和扩大森林资源、改善生态环境的目的，是为动员全民植树而规定的节日。

在我国，第五届全国人大常务委员会第六次会议决定，以每年的3月12日为中国的植树节，以鼓励全国各族人民植树造林，绿化祖国，改善环境，造福子孙后代。

那么，在图书中，也有很多和植物、和成长有关的书。今天，就让我们一起在书香里品味植物的清香，在书香里一起成长。

今天，我们给大家介绍几本书。

第一本是曾经入围2013年普利策奖非虚构类作品，获得2012年美国国家户外图书奖等多项大奖的当代博物学名著《看不见的森林——林中自然笔记》。

第二本是一本科普读物，曾登上过美国《时代》周刊年度好书榜，名字叫《树的秘密生活》。

第三本是很多父母给孩子们讲过的一本绘本，名字叫《爱心树》。

最后一本是父母和孩子可以一起阅读的、荣获冰心奖的一本儿童读物，名字叫《到非洲去看树》。

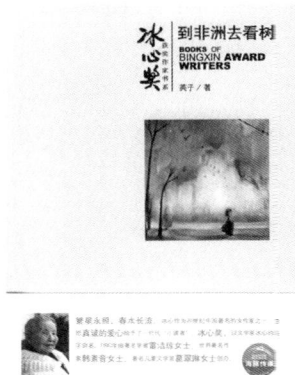

中国古代在清明时节就有插柳植树的传统，近代植树节则最早由美国的内布拉斯加州发起。1872年，美国农学家莫尔顿提议在内布拉斯加州设置植树节，动员人民有计划地植树造林。1885年，内布拉斯加州议会正式规定以莫尔顿先生的生日4月22日为每年的植树节，并放假一天。

解读

第一部分 《看不见的森林——林中自然笔记》

小马哥：

亲爱的听众朋友们，大家好！植树节刚刚过去，今天我们这期节目，就和植物有关，也和成长有关。对于树，我是非常有感情的，当年我在戈壁滩工作，树是戈壁滩上非常宝贵的财富之一。树的作用非常巨大，对于保持生态平衡，保护地球的环境，都有极为重要的意义。今天，我们还是请来了我们的老朋友安子，为我们来介绍4本和树木有关的书。

安子：

听众朋友们好，小马哥好，我上周末刚陪我家宝贝去种了一棵桃树，那么小的一棵树苗，要长成一棵大树，真的是一件非常不容易的事情，树的成长和人的成长一样，都需要阳光、雨露，需要关怀和温暖。所以今天，我们来讲讲和树、和成长有关的书，希望对听众朋友们有所启发。

1915 年 7 月，在孙中山的倡议下，规定以每年的清明节为植树节，指定地点，选择树种。1928 年，为纪念孙中山逝世 3 周年，举行了植树仪式。此后，为了纪念孙中山先生，把他逝世的那天，即 3 月 12 日定为植树节。

1979 年，全国人大常委会根据国务院的提议，正式通过了将每年的 3 月 12 日定为植树节的决议。

小马哥：

安子，今天我们给听众朋友们介绍 4 本书，我们先从哪一本开始呢？

安子：

就从获得 2013 年美国国家学院最佳图书奖，入围 2013 年普利策奖非虚构类作品，并获得 2012 年美国国家户外图书奖和我国引进版本类"2014 中国好书"的美国生物学家戴维·乔治·哈斯凯尔的科普作品《看不见的森林——林中自然笔记》开始讲吧。

《看不见的森林——林中自然笔记》从某种角度看，有点《昆虫记》的味道，它展现给大家的，就是森林里的各种动植物。那么看不见的森林里到底有些什么呢？我们可以从这本书的目录窥见一斑，我给大家读一读目录上的几个标题，大家就明白了。

1月1日——伙伴关系，1月17日——开普勒的礼物，1月21日——实验，1月30日——冬季植物，2月2日——脚印，2月6日——苔藓，3月13日——蜗牛，3月25日——春生短命植物，4月2日——花朵，4月14日——飞蛾，4月16日——日出的鸟，4月22日——行走的种子，5月18日——植食性昆虫，5月25日——波纹，6月2日——探求，6月10日——蕨类，7月13日——萤火虫，8月26日——蝈蝈……直到12月6日——地下动物世界，最终以12月31日——观望结尾。

从目录大家就可以知道，这本书是美国生物学家戴维·乔治·哈斯凯尔以一年的时间为主线，通过一次次的

美国生物学家戴维·乔治·哈斯凯尔的研究与教学工作主要涉及生物进化和动物保护，尤其是对栖息于森林里的鸟类和无脊椎动物的保护。除了许多科研文章外，他还发表了数篇关于科学与自然的随笔和诗歌。哈斯凯尔因其创造性地将科学探索、冥想练习和社区行动结合起来而获得美国关注。

2009 年，卡耐基基金会、凯斯基金会将他命名为田纳西年度教授。该奖项只授予获得国家荣誉或对大学教育做出突出贡献的大学教授。

观察和发现，展现出来的一小片森林的秘密。

很有意思的是，书中展现的这片森林，其实只是整个森林的一小部分，小到只有一平方米。然而就是在这一平方米的区域里，却有着庞大的生物世界。

小马哥：

只有一平方米的森林？

安子：

是的，这让我特别佩服作者哈斯凯尔教授，他躲在无人之处，探悉世界的奥秘，他选择了一个相对"远离人类文明"的森林——美国田纳西州山丘上一座由老龄林构成的"坛城"，观察一平方米上的每一片叶子、每一块石头甚至每一滴水珠，通过观察每一个或微小或硕大的生物来发现整个森林。

他在书中给读者们展示了蓝灰蝶幼虫的生活，这些蓝灰蝶幼虫，必须向蚂蚁"交保护费"，才能换取庇护；而很多微生物，为了能够独霸动物的腐尸，就释放毒素，然而秃鹫却因此而受益；山胡椒树看似形影相吊，其实却有一个永远看不见的恋人，那就是地下的真菌……

作者用细腻而温柔的笔调，写出了自然界的神奇。天天忙碌在都市里的我们可能很难想象，在那一平方米的土地上，竟然生存着那么多的生物，而其中所上演的生存斗争，可能比我们的日常生活还要忙碌和丰富。

我是生物学的门外汉，但是读这本书却完全没有距离感，反而，连我这样一个非专业读者看起来，都觉得很有

《看不见的森林——林中自然笔记》是一本森林观测笔记。在这本书里，生物学家哈斯凯尔以一年的时间为主线，在每次的观测中，为我们揭开藏于森林一平方米地域里的秘密。在这本书里，哈斯凯尔以一小片森林作为整个自然界的缩影，向我们生动地展示了这片森林和居住其中的栖息者的生活状况。

意思。哈斯凯尔教授把那些微小而复杂的生命写得生动有趣，非常吸引人。比如写到这一平方米森林里的花朵和野蜂，他是这样描述的："在粉红色花药间游弋的黑蜂，是沾满玫瑰色糖霜的巧克力糖。"读到这里，我都要流口水了。写到蜗牛，他竟然这样写："铺在砾岩表面的黄油和果冻膜，只有蜗牛的齿、舌才能刮挫。"那些岩石表面怎么可能有黄油和果冻膜？其实那些微生物、那些露水，就是蜗牛的黄油和果冻膜，好诱人的比喻！就连虫子的外壳都被教授比喻成酥皮点心外面凝结的糖霜，非常吸引人。同时也要感谢译者熊姣，将这些优美的句子翻译得如此恰当，如此熨帖。

写到自然界的万物，哈斯凯尔教授的比喻都充满了新鲜的活力：他把风说成是诱使枫树的孩子们出去漫游的神，把蜗牛比喻成从兼顾雌雄的混合投资策略中得到更高收益的动物。直到看到这本书，我才知道原来我们经常见到的蜗牛竟然是雌雄同体的。哈斯凯尔教授还把星星说成是天生的装饰艺术家……这些表达都太美好了，以至于读了这本书之后，我对于那片只有一平方米的、被作者称为"坛城"的小森林，充满了向往。

小马哥：

好美的一片森林啊，让人浮想联翩，生活在城市里，到处都是钢筋水泥，都快让人忘了那些简单而美好的快乐了。这本书治愈了我们和自然之间的疏离，唤起了我们心底里美好的、自然的情感。

书的每一章都以一次简单的观察结果作为开头，比如藏在落叶层里的火蜥蜴、春天里野花的初次绽放。通过这些观察，哈斯凯尔织就了一个生物生态网，向人们解释了把最小的微生物和最大的哺乳动物联系起来的科学观点，并描述了延续数千年甚至数百万年的生态系统，带领读者开启寻找大自然奥秘的盛大旅行，探索我们脚下或者藏在我们后院里的奇妙世界。

语录：当暴风雨达到顶峰时，我的无助感反而会得到一种奇怪的慰藉。面对这个狂怒的世界，我所做的一切都无济于事，因此只能屈服，而随之而来的是一种奇异的状态：尽管身体紧张兴奋，内心却是一片澄明。
——《看不见的森林——林中自然笔记》

安子：

是啊，其实我们自己也属于自然，人类也是动物，就算远离了森林和田野，住进钢筋水泥的城市，可当我们重新站在一棵大树前，当我们看见那美丽的蝴蝶，闻到花的芳香，我们还是会感到亲切和愉快。

语录：一切物体，包括动物身体在内，体积的增量是长度增量的立方倍；而一只动物全身所能生成的热量，与其身体大小是成正比的；因此，体热的增长量，也是身体长度增量的立方倍。而在热量流失时，表面积的增量只是长度增量的平方倍。小动物的体温下降速度之所以更快，是因为按照比例来说，它们的体表面积远远大于身体体积。

——《看不见的森林——林中自然笔记》

第二部分 《树的秘密生活》

小马哥：

真是一本美好的书。我们应该感谢植树节，让我们能够借此机会亲近自然、回归自然。安子，接下来我们和听众们分享的是什么书呢？

安子：

接下来，让我们一起来分享《树的秘密生活》。事实上，在城市里，已经极少有人用眼睛云看，极少有人用心去理解树这种最常见的植物了。这是世界的损失，也是我们自己的损失。如果我们放慢脚步，拥抱自然，和树木一同侧耳倾听，就会发现，这个世界是多么亲切、多么愉快，我们和这些天天见到的树木，其实是相依相存的。

《树的秘密生活》的作者科林·塔奇，是英国唯一一位连续 3 年获得英国科学作家协会年度奖的科学作家。他有 25 年科技记者和科技编辑的职业生涯，是一位专业的科技工作者。这本《树的秘密生活》和之前我们介绍的《看不见的森林——林中自然笔记》一样，是一本科学著作，然而它一点也不枯燥，应该说，这两位作者都是真诚地爱着我们的自然世界的，他们的笔调就像浪漫的散文一样美妙，把自然全部的美好呈现给我们。

《树的秘密生活》以达尔文的进化论追本溯源讲述树的进化，以魏格纳的大陆漂移说描绘树的遥远过去和现今分布。它不仅可供学者参考，更能满足普通读者的好奇心。

小马哥：

安子，是不是可以这样说，这本书是一封写给大树的情书呢？

安子：

小马哥的比喻非常精彩，这的确可以说是一本写给大树的情书。这本书并没有渲染人类对于自然的改变，而是从树的本身去展现树的生存和树自身的生长故事。

我给大家读一些段落，大家就能对这本书有一个感性的认识了。

《树的秘密生活》的作者是英国作家科林·塔奇，姚玉枝、彭文、张海云翻译。

我们先来看几段这本书里有关树的描述：

"人们常将红杉林和山毛榉林与大教堂的中殿做比较：一样的静谧，一样的洒满绿色、柔和、神圣的光线。一棵长有许多枝干的印度榕树，看上去就像一座庙宇或一座清真寺，它是一间正在生长中的柱廊。但是这种比喻似乎应该倒转过来说，大教堂和清真寺，像是在模仿生长蓬勃的树木。"

"长成一棵大树是一个大工程。"

"要将重达一吨的枝叶支撑在半空中需要足够的实力——既要拥有特殊的材料做支撑，又要求树枝间有巧妙的排列形式。"

"银杏树和针叶树都只是重复着一种简单的树枝排列法——笔直生长的树干，树枝以圆圈形或螺旋形从树干中部以上开始有间隙地向外生长。其他树种如榆树，有一根主枝杈先向上生长到一定程度，然后弯向一边；然后另一根枝杈取代它继续向上生长，直到弯倒下来，再由别的树枝取代。还有一些热带树木，枝杈水平式向外生长，庞大浓密的树枝间长出来一片新的、微型的'森林'。其他树种如橡树和栗子树，其外形显得更加随心所欲一些。"

听完这些，大家是不是可以想象，那个名叫科林·塔奇的英国人，曾经久久地凝视着一棵又一棵树，看着这些生命从春到冬、四季往复地不断生长，然后低头思考，最后坐在书桌前，写下了这些优美的文字。

小马哥：

其实我们一直在与树为邻，不管在乡村还是在城市，我们都喜欢在居住的地方种上各种树木。而且在我们的生活中，我们常常会用树做比喻，比如我们常常把父亲比作大树，我们还会在老树上缠绕红绳，以祝福好运。人类和树木是紧密联系在一起的，就算我们生活在钢筋水泥的城市里，也随处可以看见那些美丽的、高大的树木。

安子：

是啊，我们对树的依恋和欣赏是与生俱来的，我们从出生就要和树一起成长；我们用的家具是树木的枝干做成的；我们走在马路上，是树木给我们带来阴凉；就连吃饭的时候，餐桌上的很多食物也是树木带给我们的，比如各种水果，再比如某些蔬菜。

那么，树到底有多重要？答案就在《树的秘密生活》里。如果没有古老的森林，就不会有今天的人类。如果没

语录： 树的生活简单，或者看似简单——脚埋在湿润的、富有营养的土壤里，站在阳光下一整天无所事事。其实，它们的生活非常丰富，并非像我们的眼睛看到的那样。树，像我们人类一样，要做很多不同的事，而且必须在正确的时间做正确的事情。它们的经历与哈姆雷特和埃及女王一样错综复杂，只是没有那么富于戏剧性。树的生活与生俱来就曲折坎坷。所有的生物都要应对它们的环境，树的应对方式多种多样。
——《树的秘密生活》

有树木提供建筑材料和燃料，那么石器时代、青铜时代，甚至后来的蒸汽机时代就根本不会到来。

虽然我们天天见到树，可树有多少秘密，我们很多人都不知道。

世界上到底有多少种树？它们是如何分布的？它们在自然界中怎样生存，与周围的生物如何合作竞争？它们怎样从毫不起眼的小树苗成长为参天大树……

这些问题的答案就在《树的秘密生活》里。

小马哥：

其实我们平常对树有许多误会，我们看到的每棵树，似乎都只是静静地站在那里，一动不动，无所事事，一站就是几十年，甚至上百年，其实不是这样，它们每时每刻都在成长，都在为人类做贡献。

安子：

是的，实际上，地球上的 6 万多种树，每一棵树都有自己庞大的生命结构，都有自己的价值和作用。我们见到的每棵树，其实都是连接天地的、自然的杰作。它们从地下吸收水分，蒸发到大气中，释放有机物聚集云层，然后通过降水回馈地球。其实树不是一动不动的，它们每时每刻都在成长。它们会摇晃，会散发气味；它们甚至有记忆；它们会意识到季节的变更，然后准备好"穿衣"或"脱衣"；当然它们的衣服就是树皮或者树叶。它们还会自我保护，比如落叶松如果被毛毛虫袭击过，那么第二年它会长出比之前更短更结实的针叶。几年后，当毛毛虫的后代大都饿

语录： 树像我们人类，必须寻求伴侣，而且发生关系；所以，同类型的树必须在同一时间性感活跃，每一棵树一定知道对方的状况如何，或者至少求偶双方必须呼应同样的气候提示、日照长度，或者任何什么求偶线索，才可以配合默契。很多树，尤其是但不仅限于热带树，依赖于昆虫、鸟或蝙蝠传播花粉，甚至依赖于更多的动物撒播种子；所以必须吸引来合作者，而且必须保证它们在季节来临时准确无误地完成这些分工。

——《树的秘密生活》

死了，落叶松便又会长回从前的模样。

　　在《树的秘密生活》的结尾，作家科林·塔奇建议人类以树为中心，以一种睿智的方式调整世界范围内的经济结构。这是一个极大的问题，一个社会性的问题。事实上，自然界发展的答案，就藏在树里。自始至终，树都知道答案，就是等待人类去发现。

语录：树没有大脑神经，是靠很少的几个化学剂鼎力相助来经营全部生命活动的。化学剂的名单极为简短精干，只有五个基本荷尔蒙，加上少数色素，还有一点其他物质。——但是，一棵树也许会问：何苦有个大脑，平添多少负荷，还有伴随而来的烦恼？即使没有它，生命依然可以运转。
　　——《树的秘密生活》

第三部分 《爱心树》

小马哥：

小时候，我们都写过作文，有一个作文题目是"我想……"当时很多同学写："我想做一名科学家""我想成为艺术家"；有的同学写："我想成为天上的一颗星星"；当时还有的同学写："我想变成一棵树"。因为树是造福人类、净化环境的，不是有一首歌就叫《好大一棵树》吗？

安子：

是的，"树"象征着无私奉献的人格。有这样一本绘本，就叫《爱心树》。这本绘本很多家长都给孩子读过，是世界绘本的经典作品之一，出版30多年来，一直是绘本世界的著名典范，历久不衰。

这本书的作者是美国诗人、卡通画家、插画家、剧作家、作曲家、乡村歌手谢尔·希尔弗斯坦。他为大人们创作过800多首歌曲，曾经获得格莱美奖和奥斯卡最佳原创歌曲奖提名，他也为孩子们创作过400多首诗歌，他创作的儿童诗集和图画书风靡整个世界。除了《爱心树》，还有大家熟悉的《失落的一角遇见大圆满》《向上摔了一跤》《阁楼上的光》，等等。他获得了国际读书协会最受儿童欢迎图书奖、《纽约时报》杰出绘本奖。他几乎囊括了全美所有最重要的童书奖项，是一位深受全世界读者喜爱的作家。

《爱心树》出版30年来，一直是绘本世界的著名典范，历久不衰，魅力惊人，销量超过600万册。这是一个由一棵有求必应的苹果树和一个贪求不厌的孩子，共同组成的温馨而又略带哀伤的动人故事。

《爱心树》这本绘本，我家先生给我家宝贝读过好几遍，是一个非常美的故事。

这里，我先把《爱心树》读给大家听，翻译者是傅惟慈。

从前有一棵大树……它喜欢上一个男孩儿。男孩儿每天会跑到树下，采集树叶，给自己做王冠，想象自己就是森林之王。他常常爬上树干，在树枝上荡秋千，吃树上结的苹果，同大树捉迷藏。累了的时候，就在树荫里睡觉。男孩儿爱这棵树……非常非常爱它，大树很快乐。

可是随着时光流逝，男孩儿长大了，很少来看这棵树了，大树感到了孤寂。

一天，男孩儿来看大树，说："我需要一些钱。"于是大树把自己的苹果给了男孩儿。

后来又有一天，长大了的男孩儿又来了："我需要一幢房子。"于是大树把所有的树枝都给了男孩儿。

又过了很长时间，男孩儿又回来了："我需要一条船，驾着它到远方去。"于是大树又把自己的树干给了男孩儿。

又过了很久，已经变老了的男孩儿回来了。"非常抱歉，孩子，"大树说，"我现在只是个老树墩，没有什么可以给你的了。"

"我现在需要的实在不多，"男孩儿说，"我只想找个安静的地方坐坐，我太累了。"于是男孩儿坐下来。

大树很快乐。

这个故事看起来很简单，可每次读，我心里都酸酸的，想要掉眼泪。

其实对于每个孩子来说，父母都是他的那棵爱心树；而对于每一对父母来说，终其一生，只是孩子的那棵爱心

美国诗人、卡通画家、插画家、剧作家、作曲家、乡村歌手谢尔·希尔弗斯坦，擅用美国乡村音乐的表现手法。美国乡村音乐的特点是风格纯朴、直白，如平常说话，带有叙述性。《爱心树》就是一首曲调简单重复、没有太多旋律、节奏平稳、有很多低音线条和有力的节奏，而且还略带几分淡淡的忧郁气息的曲子。

作品简洁，但给人留下广阔的想象空间；虽然平白，但给人以心灵的冲击；虽然忧伤，但充满了无言的爱、满满的幸福。心有多重，人生就有多重；爱有多深，人生就有多沉。

树。我们只期望，孩子能在我们身边，快乐成长，我们的愿望其实就这么简单。

小马哥：

很简单、很感人的寓言故事：大树给予了男孩成长中所需要的一切，把无私、博大的爱给予了小男孩；而自己却不图一丝一毫的回报，唯一的愿望就是孩子能够快乐，这就是我们的父母啊！

安子：

是啊，其实我觉得，这棵爱心树还应该有个名字，那就是家。在每个孩子心中，都有一棵"爱心树"，这棵树给了孩子全部的温暖和力量，给了孩子精神寄托和情感慰藉，这就是家。而成就这个家、这棵树的，就是孩子身边的家人。换个角度看，这棵爱心树不管有多少果子，不管有多少枝叶，哪怕最后连枝干都砍去给男孩做了小船，它也永远活着，因为它永远是孩子心中的那棵树，就算没有了蓬勃的生命力，老了，甚至失去了生命力，也依旧存在。它是孩子心中永恒的爱心树，美好而永恒的存在。

小马哥：

非常感人的一棵爱心树，一棵不断给予的树。

安子：

是的，这本书的英文书名就是 *The Giving Tree*。直到最后，树枝被砍光了，树干被砍断了，剩下一个老树墩，可树还是很快乐。在这本绘本的最后一页，就是那个永远被树当作小男孩的老男人，佝偻着身子坐在树桩上，与这棵树，这棵陪他一生的爱心树相伴。这本绘本的绘画风格其实挺简单的，我最初买来这本书的时候，还觉得太过简单，甚至连画面都是黑白的，比如《爱心树》的第二个画面，就是树喜欢上一个男孩那两页：左面一页是一棵树，而右面一整页几乎就是一张白纸，只是上面有一簇树叶，右下角有一只小孩的脚。然而看着看着，整个人就沉浸其中了。不是花哨的画面，而是最真挚、最质朴的情感，让你无法忘记这棵爱心树，无法放下这本书。

小马哥：

相信我们每个人的心中，都有一棵爱心树。

在谢尔·希尔弗斯坦之前，儿童诗歌都是充满甜蜜和梦幻的，但是谢尔·希尔弗斯坦之后，儿童诗歌就有了分界，有了睿智。谢尔·希尔弗斯坦的作品不拘泥于常规，有一种奇异的天真。他把儿童文学从花园和教室的局限扩展到了很多令人匪夷所思却又充满惊喜的新领域。他的绘本作品幽默温馨，简单朴实的插图和浅显的文字充满淡淡的生活哲学。在美国，只要书店卖儿童书，就一定会卖谢尔·希尔弗斯坦的作品。他的作品不只吸引儿童，更能俘获大人们的心。

第四部分 《到非洲去看树》

小马哥:

安子，让我们说一本轻松一点的和树有关的书吧，不是有一本叫作《到非洲去看树》的书吗？听起来就很有趣。

安子:

说到《到非洲去看树》，我想说，我有个朋友去非洲看树了，就是因为小时候在地理课上，听老师说了很多有关非洲、有关好望角的知识。所以，美好的书籍对于孩子们的影响是一生的。

《到非洲去看树》荣获了冰心奖，是中国当代优秀的儿童文学作品。这是一本写给孩子们看的童话书，里面有《到非洲去看树》《鹈鹕和他的熊宝宝》《小花狸鼠回家了》《灰熊小姐克瓦波》《牙齿仙女的故事》等篇目，非常有趣，非常好看。

小马哥:

那么安子，给我们讲讲《到非洲去看树》的故事吧。

安子:

好的。

《到非洲去看树》，说的是企鹅代代向往到非洲去看树的故事。

冰心奖创立于1990年。为祝贺冰心老人九十大寿，纪念冰心老人一生为孩子们创作众多受欢迎的作品，设立了冰心奖。吴作人、萧淑芳、杨沫、叶君健、吴全衡等诸位前辈欣然加入"冰心奖"评委会的队伍。创办初期，冰心老人身体好时，每届都要亲自审读获奖作品。冰心奖设立以来，在每年冰心老人生日前后，都会举行冰心奖的颁奖大会。

如今，冰心奖已在海内外产生

关于非洲和树的事情，企鹅代代是从史密斯船长那里听到的。史密斯船长指挥着一艘很大的船，周游过全世界。他什么都知道，什么事情都明白。

史密斯船长告诉企鹅代代，许多的树生长在非洲，树上结着各种各样的果子，芒果、椰子、香蕉，还有猴面包！企鹅代代生活在南极，根本没见过冰雪和大海以外的东西，它不知道什么是树，也不知道什么是种子，在它看来，史密斯船长所说的大树、种子、果子都非常神奇。

后来，史密斯船长走了，然而代代却开始思考，它问妈妈："你见过结着果子的树吗？"它还梦见了冰雪一样的大树。

终于有一天，代代发现了一条船形的大冰块，它决定把这块冰块做成一条冰船，划到非洲看树去！于是企鹅代代瞒着妈妈做起冰船来，它还学习捉鱼的本领，好在通往非洲的茫茫大海上，靠自己的本领冲破一切风浪。

极地的三月，代代的冰船"果树号"终于做好了，没有人给代代和"果树号"送行，代代最后一次望了望生它养它的南极，咬着牙将"果树号"推进大海，朝着非洲的方向漂去。

这就是一往无前的、勇敢的企鹅代代，它要到非洲去看树。

小马哥：

这是一个寓言故事，其实我们很多人都像企鹅代代一样，为了心中不灭的理想而努力前进，但愿企鹅代代的"果树号"能够驶到非洲，但愿企鹅代代能够看到非洲那些神

了广泛的影响，由最初单一的儿童图书奖，发展成为包括儿童文学新作奖、儿童图书奖以及冰心艺术奖的综合性大奖。作为中国唯一的国际华人儿童文学艺术大奖，许多文坛新人正是以此为起点，逐渐走上成功的创作之路。

奇的大树。

安子：

事实上，冰船到不了非洲，但企鹅代代不一定就永远也看不到非洲的果树！梦想实现的道路注定是坎坷的，但是我们永远要有企鹅代代的执着与无畏！正所谓不忘初心，方得始终。

小马哥：

在这个节目的最后，让我们回到我们的主题——植树节，让我们在书香里一起成长，希望我们大家的心里都能够有美丽的森林，希望我们的地球能够越来越美丽，希望我们的孩子们能够像小树一样蓬勃成长，也希望我们每个人最终都能够实现自己的梦想，到非洲去看树！

语录： 思想不老的人永远年轻，冰心大姐就是这样的人。她写了将近一个世纪，今天还紧紧握住手中那支笔。好几代的孩子读她的诗文，懂得爱世界、爱大海、爱星星。听她的话，年轻人讲"真话"，写"真话"，为国家、为人民奉献赤诚的心。作为读者，我敬爱她；作为朋友，我为她感到自豪。

——巴金

NO.3
4.5

清明读书晓人生

作品

作品名	主角	作者
《燕子最后飞去了哪里》	农村五姐妹	沈书枝
《云上：与母亲的 99 件小事》	母子二人	不良生
《活了 100 万次的猫》	活了 100 万次的猫	佐野洋子
《丰子恺散文精选：人间情味》		丰子恺

导语

今天是清明节，清明既是节气又是节日，在古代也叫三月节，有2000多年的历史。"万物生长此时，皆清洁而明净，故谓之清明。"在中国古代，有关清明节的诗词很多，比如宋朝王禹偁的诗《清明》中就有这样的诗句："无花无酒过清明，兴味萧然似野僧。"还有唐朝韩翃的诗《寒食》中的"春城无处不飞花，寒食东风御柳斜"等。清明时节，全国各地有很多不同的饮食习惯，比如江南一带有吃青团的习惯，客家人有吃艾饭的习惯，我国大部分地区在清明前后流行吃"馓子"，就是一种油炸食品，相信很多听众都吃过。还有吃鸡蛋、吃子推馍、吃薄饼、吃大葱和蛋饼等习俗，这些都承载了人们美好的向往和祝愿。

今天，我们通过电波，给大家介绍4本与清明节有关的书，它们分别是沈书枝的《燕子最后飞去了哪里》；不良生的《云上：与母亲的99件小事》；佐野洋子（日本）的《活了100万次的猫》；丰子恺的《丰子恺散文精选：人间情味》，最后这本书中，就有一篇散文，名为"清明"，这篇散文还入选了中学课本。

清明节的前一天是寒食节，相传起源于晋文公悼念介子推的故事，后来，唐玄宗被这个故事感动，诏令天下"寒食上墓"，就有了寒食节。寒食与清明仅隔一天，所以清明前后就渐渐有了扫墓的习俗。

希望能够通过这 4 本书，和大家一起，更好地度过这个充满了思念的节日。

活了 100 万次的猫

[日] 佐野洋子 著
唐亚明 译

清明，是农历二十四节气之一。中国传统的清明节大约始于周代，距今已有 2500 多年的历史。据《历书》记载："春分后十五日，斗指丁，为清明，时万物皆洁齐而清明，盖时当气清景明，万物皆显，因此得名。"清明一到，气温升高，雨水增加，正是春耕春种的大好时节，故有"清明前后，种瓜点豆"这一谚语。清明节是一个祭祀祖先的节日，主要是扫墓，为慎终追远、敦亲睦族及行孝的具体表现。清明节是在仲春与暮春之交，也就是冬至后的 106 天。2006 年 5 月 20 日，该民俗节日经国务院批准列入第一批国家级非物质文化遗产名录。

第一部分 《燕子最后飞去了哪里》

小马哥:

亲爱的听众朋友们,大家好,今天是清明节,我们这期节目介绍的 4 本书都和清明节有关。今天,我们还是请来了我们的老朋友安子,为我们来介绍这 4 本和清明节有关的书。

安子:

听众朋友们好,小马哥好,在这个莺飞草长的季节,在这个万物生发的春季,清明前后,万物由阴转阳,吐故纳新,一派春和景明。在现代人眼里,"清明"与扫墓祭奠联系紧密。今天我们所说的这 4 本书,就和清明节有关,也和成长与生死有关。

小马哥:

安子,咱们今天给大家介绍的第一本书,是《燕子最

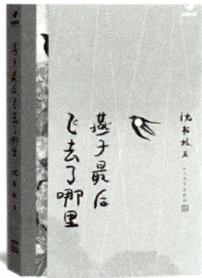

后飞去了哪里》，这是人民文学出版社出版的一本非常精美的书，作者是沈书枝。来，先给我们讲一讲《燕子最后飞去了哪里》。

安子：

　　这本书是 2017 年由人民文学出版社推出的豆瓣阅读征文大赛首奖得主沈书枝的散文作品。《燕子最后飞去了哪里》，写的是农村五姐妹的成长故事，非常平实，非常感人，温暖的笔调、平实的语言，还原了美好的乡村生活，让久居城市的我们对乡村心怀美好的向往。

　　这本书充满了亲情之美，是作者从 2013 年到 2016 年之间的散文合集，基本包括两部分：一部分写作者和自己的三个姐姐，从小到大，从农村来到城市生活、工作、结婚、生子的故事；另外一部分则写自己和双胞胎妹妹有鹿从小到大的生活故事。

　　这种大家庭的温暖，是很多出生在都市家庭中的独生子女很难感受到的。作者和妹妹是双胞胎，是家里最小的两个孩子。她们的大姐很早就参加工作了，所以她们从小就非常开心地期盼着大姐发工资，然后省下钱给妹妹们买好吃的。当时物质匮乏，几个姐姐相继参加工作，然后尽其所能地照顾好妹妹们。这种姐妹之间的情感，在字里行间流露出来，真挚而感人，亲切而温暖。

　　第一个部分，写到姐姐们，作者的笔调是充满感激之情的，如春风般温暖。她将自己对姐姐们的感谢和自己生长在这样一个大家庭之中的开心幸福都描绘了出来，显然，这是一个温暖而幸福的大家庭。然而在第二个部分，她所

沈书枝，原名石延平，1984 年生，安徽南陵人，南京大学古代文学硕士。热爱自然与文史，作品散见于《人民文学》《文艺风象》等杂志。现定居北京。

即使在乡下，像沈书枝家这样姊妹五个的，也并不多见。在这样的环境中长大，姐妹间相互的照顾与情感的纠葛，是作者童年及少年时期最宝贵的礼物。沈书枝以一贯细密工整的文字、平淡平和的语调讲述了姐妹五人之间的情感和各自的人生故事，温柔地注视记忆中的

自己与他人，朴素诚实地展现日常生活中的细微之处。看似琐碎的讲述中，能让人静下心来感受平淡日子的冷暖，体味生活的质感。

在《燕子最后飞去了哪里》这本书中，沈书枝用干净而克制的笔触，记录了一代人的成长，真实而客观地映射出乡村生活及其变化，将新一代农村人向城市转移过程中的新奇和因不适带来的痛楚，平实而温润地表现出来。书中谈到计划生育、外出打工求学等情节，皆真实而且触动人心。

表达的，对于双胞胎妹妹的情感，就相对含蓄了很多，笔墨的着力点在上学、成长和后来的遭遇。所表达的，是农村孩子走向城市的境遇。作者和妹妹是双胞胎，这注定了这两个孩子之间，从小就会抢玩具、打架和闹别扭；同时也注定了这两个孩子的心永远连在一起，不会分离。

小马哥：

这本书描绘了非常温暖非常朴实的家庭生活，这种生活在现在已经很难看到了。现在的家庭，大都只有一个孩子，有两个孩子的都不算多，所以很少能够体验到那种大家庭的温暖和快乐了。

安子：

是啊，那种大家庭成长出来的孩子，是不会感到孤独的，他们有兄弟姐妹，他们有一颗充满力量且充满支持的心。虽然生活始终细碎，然而亲情却让岁月充满了温暖的颜色。这就是家，这就是爱。在清明节的时候，我想介绍给大家这本书《燕子最后飞去了哪里》，希望听众朋友们能够从这本书细碎的讲述中，感受到平凡岁月中炽热的家庭之爱，能够回想起自己曾经身处的、温暖的家乡。

当然，这本书也真实而客观地映射出乡村生活的变化，描述了新一代农村人向城市转移过程中的新奇和不适，但是一切都是温暖的，所有的真实都经历了岁月的磨砺，从而使得这本书触动人心。

第二部分 《云上：与母亲的 99 件小事》

小马哥：

安子，我们介绍的第二本书是《云上：与母亲的 99 件小事》。这本书写的是青年作者不良生在母亲病逝一年后，回忆与母亲共同生活时的点滴小事。"99"是概数，代表缺一满百的缺憾永难弥补，实则记录的小事远超过 99 件。来，给我们讲一讲《云上：与母亲的 99 件小事》这本书吧。

安子：

这本书写得很温暖，很让人感动。作者的父母在他 5 岁时离异，此后，坚强的母亲独自抚养他。母子二人在南方小城生活，生活清苦，搬了很多次家，然而母子之间，却从来没有缺少过温暖和快乐。

每个人的生命里，都有一些不得不说的话、不得不表达的爱和不得不经历的告别。

在作者不良生的成长过程中，每一年，春夏秋冬，日日夜夜，处处都有母亲的影子。这本书写的就是一件件小事，每件小事几百字，勾勒出母亲坚韧奉献的一生，也让我们看到年复一年的平常生活中蕴含的温暖的力量。人世无常，然而血脉相连的温暖永远不会丢失。

不良生，男，青年作家、专栏作者、影评人。本名丁小军，生于江苏小镇，天蝎座。著有散文集《云上：与母亲的 99 件小事》、短篇故事集《继续走，继续失去的青春》等多部作品。

小马哥:

　　安子，这本书里到底写了怎样的小故事呢？给我们讲一讲吧！

安子:

　　那我就给大家读几个这本书里的小故事吧。

　　第一个:

　　你在 29 岁的时候生下我，又在我 29 岁的时候离去。

　　我 5 岁的时候，你与那个我该叫他父亲的人离异，带着我离开小镇，去往另一个县城。我们没有房子，二十几年来先后租住在各式各样的民居。

　　我在纸上列出清单数了数，你带着我搬的次数，这一生竟有十五六次。

　　搬家，有时是为了告别一段过往的人生，有时是你打听到另外一处房租更低廉的小屋，还有时是房东有了别的打算，不再租给我们。即使算不上居无定所，颠沛流离，也一直在路上，一直在迁徙。

　　前年 11 月，我们最后一次搬家，从原本两间加起来不过 40 平方米的平房，换到现在这样有院落有阳光的大间住宅。我们有了各自独立的房间，家里有了功能清晰的客厅、餐厅、厨房、卫生间、储物间、卧室。

　　妈妈，我们终于有了一个家，一个属于我们自己的家。我们在新家里一起度过了两个并不舒心的春节。然后你走了。家，变成了空荡荡的大房子。

　　这个故事听起来很辛酸。不过这本书里，并不都是这样辛酸的小事，也有快乐，也有很多很多的温暖。

语录: 母亲在那样的夜晚无处可去，有家却不得归。她抱着我坐在家门口右侧的石阶上，心里疼痛而忧伤。被抛弃在门口的那些夜晚，她抱着 5 岁的我，给我讲故事，或哄我入睡。我睡不着，我们起身在门口空旷的水泥地上赛跑，从这头跑到那头，再跑回来。母亲是在逗我开心，也是在打发时间。直到夜深了，我终于累了想要睡觉，母亲重新抱着我坐到石阶上，我们保持这样的姿势依偎着一直到天亮。

——《云上：与母亲的 99 件小事》

比如下面这段：

小时候，我是性格懦弱的孩子，喜欢沉默地站在所有人的一旁。

每次我受了委屈，母亲总奋不顾身冲上去保护我。我是如此依赖她。相反，成年后，一定是我不够保护母亲，才没有留得住母亲在我身边安享更多年月。

念小学时，有一回因为抢玻璃球而跟邻居家的小孩扭打，我扯着嗓子对着家门喊："妈妈，快来帮我打。"母亲不明就里，真的火急火燎地跑出来了。

去年有一晚坐在老去的母亲身边，我们聊到这件小事，都笑了。母亲说："现在还会喊我帮你打架吗，妈妈打不动喽。"我又笑了。扭过头去，不知道为什么眼里噙满了泪水。

小马哥：

真的是非常感人，真情实感，让人唏嘘。这是一个儿子对母亲的纪念，也是一个儿子对母亲永远的依赖。

安子：

是啊，对于我们来说，父母是我们一生的支柱，不管什么时候，他们永远在我们心里，永远支持着我们投入新的生活。

就像不良生在《云上：与母亲的99件小事》中写的一样：

妈妈，你的离去，像漫长假期。

我得继续活着，也像离开你去往花花世界的一场旅行。

正因为有爱，所以我们都会好好地活着，去战斗，去绽放，去发光发热，并且在路上，永远爱着我们的亲人，永远，永远。

语录： 病魔摧枯岁月给予一个女人的最后的美丽，比年华老去更加残忍。后来这几年，我阅读大量医学书籍杂志、药品使用说明和治疗方案，希冀能以自己的微薄力量照见黑暗之光，然而却无法"感同身受"。感同身受，这是最虚妄如夜空的一个词。哪怕我们是一对相依为命近三十年的母子，我也不可能对她的疼痛与痛苦"感同身受"。是的，心灵也许可以共鸣，肉体却很难同感。

——《云上：与母亲的 69 件小事》

第三部分 《活了 100 万次的猫》

小马哥:

安子，第三本书，我们介绍《活了 100 万次的猫》。这是一本儿童绘本，非常著名，你是不是给你家宝贝读过这本书?

安子:

是啊，想必很多做了爸爸妈妈的听众朋友们，都给自己的孩子读过这本绘本，我记得我家宝贝听这本书的时候，应该是在她三岁多的时候，当时是孩子爸爸读给她听的。我在一旁也听了这本绘本，这本绘本是我家宝贝为数不多的翻烂的绘本之一，孩子非常喜欢。

小马哥:

那这本绘本到底讲了一个怎样的故事呢? 就是一只活了 100 万次的猫的故事吗?

安子:

对的，这本书讲的就是一只活了 100 万次的猫。这只猫死过 100 万次，也活过 100 万次。它是一只虎斑猫，很气派。有 100 万个人疼爱过这只猫，也有 100 万个人在这只猫死的时候，为它哭泣，但是，这只猫却从未掉过一滴眼泪。

语录: 一只活了 100 万次的猫，它死过 100 万次，也活过 100 万次。

有 100 万个人疼爱过这只猫，也有 100 万个人在这只猫死的时候，为它哭泣，但是，这只猫却从未掉过一滴眼泪。

有一次，猫不是任何人养的猫了，它是一只野猫，猫第一次成了自己的主人。猫最喜欢自己了。

猫喜欢白猫和小猫们，已经胜过喜欢自己了。后来，小猫们长大了，一只只地离开了它们，"这些孩子们也都变成非常气派的野猫了!" 猫很满足地说。

——《活了 100 万次的猫》

它曾经是国王养的猫，但它很讨厌国王；它曾经是水手养的猫，但它很讨厌大海；它曾经是马戏团魔术师养的猫，但它很讨厌马戏团。它还曾经是小偷养的猫、孤独的老婆婆养的猫、小女孩养的猫，但是它都不开心，它对死一点也不在乎。终于有一次，猫不是任何人养的猫了，它是一只野猫，猫第一次成了自己的主人。猫最喜欢自己了，它是一只漂亮的虎斑猫，一只非常气派的野猫。

然后，所有的猫小姐，都想嫁给这只猫，有的送大鱼，有的送上等鼠肉，有的给它珍贵的礼物，有的为它舔毛，猫只是说："我可是死过100万次的哟！谁也比不上我。"猫最喜欢的还是自己。

终于，猫喜欢上了一只白猫，它问白猫："我可以待在你身边吗？"

白猫说："好吧。"

猫从此就一直待在白猫的身边了。

白猫生下了许多可爱的小猫，猫再也不说"我可是活过100万次……"这句话了。猫喜欢白猫和小猫们，已经胜过喜欢自己了。

后来，小猫们长大了，一只只地离开了它们，猫很满足。终于有一天，白猫躺在猫的身边，安安静静地，一动不动了。

猫第一次哭了，从早上哭到晚上，又从晚上哭到早上，整整哭了100万次。

一天又一天过去了，有一天中午，猫停止了哭泣，它躺在白猫身边，安安静静地，一动不动了。

猫再也没有活过来。

这是一本在日本被赞誉为"被大人和孩子爱戴、超越了世代的图画书""描写了生与死以及爱，读了100万次也不会厌倦的永远的名作"。这本书主要讲活了100万次的猫，性格高冷，不轻易对人有感情，但是遇到了自己的爱情——一只白猫，过起了幸福的生活。但白猫死了，它终于哭了出来，抱着白猫哭得撕心裂肺，最后也死了。

小马哥：

这就是《活了 100 万次的猫》。在我们的教育理念里，对孩子谈论死亡，似乎始终是个禁忌。对死亡的恐惧，会使成年人用"人死了就是上天了"来回避我们从哪里来，又到哪里去这样重大的问题。因此，大多数的孩子对于生死的概念是模糊不清的，所以如果身边有什么人忽然离去，对他们造成的伤害也是相当大的。而这本《活了 100 万次的猫》，就是通过直接讲述一只猫的故事，为儿童，也为成年人讲述了有关生、死、自由和爱的看法。

安子：

对，其实很多时候，我们都不愿意提及死亡，所以对孩子，我们也很少谈到跟死亡有关的话题。然而事实上，在每个人的生命中，终究都会遇到这个问题。

西方有"猫有九条命"的说法，而在日本作家佐野洋子笔下，却有一只活过 100 万次的虎斑猫。

这只虎斑猫世世代代曾分别属于国王、小女孩、水手等人，每次轮回都备受豢养者的宠爱，然而这只被宠爱的虎斑猫却越来越觉得活着无聊。和那些一辈子追求长生不老的人相比，这只可以永远活下去的猫感到活着是如此无足轻重，它根本不怕死，甚至"对什么都厌恶"。对它来说，"活着"毫无价值，因为没有什么可以使它留恋，也没有什么可以使它珍惜。一次次活着，变成了猫漫漫无期的、绝望的煎熬。

直到有一天，猫真正拥有了自己的生活，拥有了自由，才终于喜欢上了自己。再后来，虎斑猫居然爱上了一只自

《活了 100 万次的猫》，作者佐野洋子，唐亚明译。佐野洋子是日本著名绘本作家，出生于中国北京，毕业于日本东京武藏野美术大学设计系，曾在德国柏林造型大学学习石版画。

尊又美丽的白猫，它们在一起生了很多小猫。在这次生命过程中，虎斑猫终于有了爱和责任的体验，有了被爱和被需要的幸福。直到后来，那只不能像它一样"复活再生"的白猫死去后，虎斑猫悲痛欲绝，号啕大哭。活了100万次的猫终于找到了自己的真爱，找到了生命的意义，也在自己深爱的白猫离开后，终于死去了。

当然，我们不可能活100万次，我们的生命只有一次，但是如果我们没有找到我们的真爱，生命的意义在哪里呢？所以，这本《活了100万次的猫》，就是教孩子们懂得，什么是真正的生，什么是真正的死，怎样活着，才是真正有价值、有意义的生命。

法国哲学家弗拉基米尔曾指出："只有能够死亡的才是有生命的。""不死亦不会有生。"因为死亡是活着的参照，它为活着的生命提供意义。

第四部分 《丰子恺散文精选：人间情味》

小马哥：

　　安子，文人笔下有不少描写清明节的文章吧，我记得丰子恺就有一篇散文，名为《清明》，还入选了初中课本。在这期节目的最后，我们就和大家聊一聊丰子恺的这篇散文《清明》吧。

安子：

　　好的。您说的丰子恺的《清明》一文，出自《丰子恺散文精选：人间情味》。《清明》非常著名，很多学生读过，甚至背过。

　　这里，我先给大家读一段丰子恺的《清明》：

　　清明例行扫墓。扫墓照理是悲哀的事。所以古人说："鸦啼雀噪昏乔木，清明寒食谁家哭。"又说："佳节清明桃李笑，野田荒冢只生愁。"然而在我幼时，清明扫墓是一件无上的乐事。人们借佛游春，我们是"借墓游春"。

　　清明三天，我们每天都去上坟。第一天，寒食，下午上"杨庄坟"。杨庄坟离镇五六里路，水路不通，必须步行。老幼都不去，我七八岁就参加。茂生大伯挑了一担祭品走在前面，大家跟他走，一路上采桃花，偷新蚕豆，不亦乐乎。到了坟上，大家息足，茂生大伯到附近农家去，借一只桌子和两只条凳来，于是陈设祭品，依次跪拜。拜过之后，自由玩耍。有的吃甜麦塌饼，有的吃粽子，有的拔蚕豆梗

　　丰子恺（1898—1975），曾用名丰润、丰仁，号子恺，浙江桐乡人，中国现代著名的画家、文学家、音乐和美术教育家、翻译家。他的漫画艺术造诣深，有中国漫画之父的盛名。他集文学、音乐、美术于一身，可谓多才多艺。在创作上，他主张热爱描写对象，有设身处地的体验，认为无论文学还是绘画、音乐都是生活的反映，要先胸有成竹，才可以用笔。最善小中见大，还求有弦外余音。青年时代，丰子恺当过中学教师，后创建立达学园，并成立"立达学会"，主办刊物。1929年，丰子恺任开明书店编辑，从弘一法师皈依佛门，法名

婴行。1949年后，任上海中国画院院长、中国美术家协会上海分会主席等职务。

作品主要收集在《缘缘堂随笔》里，此外还有《护生画集》《子恺漫画集》《音乐入门》等。译作有《猎人笔记》《源氏物语》《西洋画派十二讲》等。

来做笛子。

············

祭扫完毕，茂生大伯去还桌子凳子，照例送两个甜麦塌饼和一串粽子，作为酬谢。然后诸人一同在夕阳中回去。杨庄坟上只有一株大松树，临着一个池塘。父亲说这叫作"美人照镜"。现在，几十年不去，不知美人是否还在照镜。闭上眼睛，情景宛在目前。

正清明那天，上"大家坟"。这就是去上同族公共的祖坟。坟共有五六处，须用两只船，整整上一天。同族共有五家，轮流做主。白天上坟，晚上吃上坟酒。

孩子们还有一件乐事，是抢鸡蛋吃。每到一个坟上，除对祖宗的一桌祭品以外，必定还有一只小匾，内设小鱼、小肉、鸡蛋，酒和香烛，是请土地爷爷吃的，叫作拜坟墓土地。孩子们中，谁先向坟墓土地叩头，谁先抢得鸡蛋。我难得抢到，觉得这鸡蛋的确比平常的好吃。

············

我们终年住在那市井尘嚣中的低小狭窄的百年老屋里，一朝来到乡村田野，感觉异常新鲜，心情特别快适，好似遨游五湖四海。因此我们把清明扫墓当作无上的乐事。

小马哥：

没想到如此沉重的扫墓上坟，在丰子恺笔下，竟然如此充满童趣，如此充满生活气息。

安子：

是啊，其实清明节虽然寄托着我们的哀思，但我们总归是要承载着故人的希望，越过越好的，所以孩子们的快乐是真实的，而我们也应该借这个节气，表达我们对人生，对生死，对世间万物的豁达和感恩之情。

小马哥：

是啊，2006 年 5 月 20 日，经国务院批准，将清明节列入第一批国家级非物质文化遗产名录。

安子：

是啊，清明节不仅仅有扫墓的习俗，还有踏青、斗鸡、插柳等习俗。在这个春暖花开的时节，我们不仅要表示对故人的思念，还要对未来充满展望。

小马哥：

从今天开始，就是清明节的三天假期，祝愿大家在这个假期中过得开心。

语录：走正确的路，放无心的手，结有道之朋，断无义之友，饮清净之茶，戒色花之酒，开方便之门，闭是非之口。

心小了，所有的小事就大了；心大了，所有的大事都小了；看淡世事沧桑，内心安然无恙。

凡事顺其自然，遇事处之泰然，得意之时淡然，失意之时坦然，艰辛曲折必然，历尽沧桑悟然。

人生有三层楼：第一层是物质生活，第二层是精神生活，第三层是灵魂生活。

——丰子恺

本书荣获：意大利格林扎纳·卡佛文学奖
Premio Grinzane Cavour 1998
活着
余华作品
活着
余华 著

No.4
4.6

解读经典作品中的生死观

作品

作品名	主角	作者
《我与地坛》	史铁生	史铁生
《活着》	福贵等	余华
《秘密》	平介和平介的妻子、女儿	东野圭吾
《入殓师》	小林大悟等	百濑忍
《丧钟为谁而鸣》	罗伯特·乔丹和玛丽亚等	海明威

导语

有一位外国作家说：对死亡的恐惧是一切悲剧产生的最深刻的基础，因为人类最强烈的愿望就是想永远活着，却难免一死。与死亡的对抗必然会点燃其内心强烈的痛苦，这就是人类悲剧的起源。

所以在文学作品中，生与死作为生命的两极，一直是困扰人类的两大问题。文学作为人类意识的结晶体，必然折射出人类对死亡的思考。

纵观各民族的文学史，从荷马、苏格拉底、屈原、陶渊明，到荷尔德林、卡夫卡、梁启超、鲁迅，无不在其思想和创作中呈现对死亡命题的冥思。一般来说，求生的欲望和对死亡的恐惧，是中西方文学中永恒的主题之一。

希腊悲剧中著名的女主人公伊菲革涅亚悲叹："悲惨的生比高贵的死更好"；希腊神话英雄阿喀琉斯宁愿在人世间帮工，也不愿在冥界享有大权；伟大的诗人屈原则感叹："唯天地之无穷兮，哀人生之长勤，往者余弗及兮，来者吾不闻。"这些对生命强烈的眷恋之情，在文学史上演绎出一幕幕生与死的冲突和焦灼。比如莎

士比亚的《哈姆雷特》，托尔斯泰的《安娜·卡列尼娜》，关汉卿的《窦娥冤》，鲁迅的《狂人日记》，都描写了关于死亡的焦虑。

但是，在经典文学作品中，有一些，将生死描写得非常透彻，主人公甚至在生死之间游走、彻悟，比如史铁生的《我与地坛》，余华的《活着》，东野圭吾的《秘密》，著名日本电影《入殓师》的同名作《入殓师》，以及海明威的《丧钟为谁而鸣》。

今天，让我们一起来解读经典文学作品中的生死观。

诗句：

乌啼鹊噪昏乔木，
清明寒食谁家哭。
风吹旷野纸钱飞，
古墓垒垒春草绿。
棠梨花映白杨树，
尽是死生别离处。
冥冥重泉哭不闻，
萧萧暮雨人归去。
——唐·白居易
《寒食野望吟》

帝里重清明，
人心自愁思。
车声上路合，
柳色东城翠。
花落草齐生，
莺飞蝶双戏。
空堂坐相忆，
酌茗聊代醉。
——唐·孟浩然
《清明即事》

清溪一道穿桃李，
演漾绿蒲涵白芷。
溪上人家凡几家，
落花半落东流水。
蹴鞠屡过飞鸟上，
秋千竞出垂杨里。
少年分日作遨游，
不用清明兼上巳。
——唐·王维
《寒食城东即事》

第一部分 中外文学作品中的生死观

小马哥:

清明节又叫踏青节,在仲春与暮春之交,也就是冬至后的第104天,是中国传统节日之一。受汉族文化的影响,中国的满族、赫哲族、壮族、鄂伦春族、侗族、土家族、苗族、瑶族、黎族、水族、京族、羌族等24个少数民族,也都有过清明节的习俗。虽然各地习俗不尽相同,但扫墓祭祖、踏青郊游是基本主题。

寒食节和清明节刚过,今天,是法定的清明小长假的最后一天。清明节是中国传统节日,也是最重要的祭祀节日之一,是祭祖和扫墓的日子。中华民族传统的清明节大约始于周代,距今已有2500多年的历史。清明节与春节、端午节、中秋节并称为中国四大传统节日。2006年5月20日,中国文化部申报,经国务院批准,清明节列入第一批国家级非物质文化遗产名录。

那么今天,我们就说一说与生死有关的话题,解读经典文学作品中的生死观。

今天我们请来的还是我们的老朋友——作家安子。安子,你好。

安子:

小马哥好,听众朋友们好。

小马哥：

安子，说到生死观，这应该是个非常沉重的话题吧？生与死是人类生命中两个最大的谜题，似乎没人能够解开。美国总统罗斯福说过，人们所恐惧的，正是恐惧本身。那么，人类在与死亡的斗争中，是如何去战胜对死亡的恐惧，从而实现对死亡的超越的呢？这不仅仅是哲学追问的命题，同样也是文学思考的命题。

安子，先给大家聊聊中外文学作品中生死观的区别吧。

安子：

好的。说到生死，经典文学作品中的生死观，表现的是人类面对死亡时的态度。这种态度的最终表现就是超越，而超越死亡的不同方式则反映了中西方独特的文化特征。由于文化的差异，中西方文学对于死亡的关怀态度和追问方式侧重不同。

在《庄子·至乐》中，最著名的一篇就是"鼓盆而歌"。相信很多朋友听说过这个故事，说的是庄子的妻子死了，失去了相依为命的伴侣，可他没有哭泣，而把盆子当作鼓，敲着盆子唱歌。这个故事并不是说庄子和妻子的关系不好，妻子死了，他反而开心，而是说他已经看破了生死，认为妻子死去了，就是安然地睡在天地这个大房子里了，得到了宁静。

在《庄子》中，还说到庄子病重，弟子们想厚葬老师，庄子倒觉得难过了，他说："我以天地为棺椁，以日月为（陪葬的）美玉，以星辰为（陪葬的）珍珠，天地用万物来为我送行，我的葬物还不齐备吗？"

庄子（约前369—前286），是我国战国时期伟大的思想家、哲学家、文学家。庄子是楚庄王的后裔，后因乱迁至宋国。庄子是道家学说的主要创始人，与道家始祖老子并称为"老庄"。他们的哲学思想体系被学术界尊为"老庄哲学"。庄子的代表作是《庄子》，其中名篇有《逍遥游》《齐物论》等，庄子主张"天人合一"和"清静无为"。

庄子的想象力极为丰富，语言运用自如，灵活多变，能把一些微妙难言的哲理说得引人入胜。他的作品被人称为"文学的哲学，哲学的文学"。据传，庄子曾隐居南华山，故唐玄宗天宝年初，诏封庄周为南华真人，称《庄子》为《南华真经》。

昔者庄周梦为蝴蝶，栩栩然蝴蝶也。自喻适志与！不知周也。俄然觉，则蘧蘧然周也。不知周之梦为蝴蝶与？蝴蝶之梦为周与？周与蝴蝶则必有分矣。此之谓物化。
——《庄子·齐物论》

庄周梦蝶是庄子所提出的一个哲学命题。庄子运用浪漫的想象力和美妙的文笔，通过对梦中变化为蝴蝶和梦醒后蝴蝶复化为己的事件的描述与探讨，提出了人不可能确切地区分真实与虚幻和生死物化的观点。虽然故事极其短小，但

弟子们还是很难过，说："我们怕乌鸦和老鹰吃掉老师您的遗体。"庄子却笑着说："天上有乌鸦和老鹰来吃，地上也有蝼蚁来吃啊，要是夺了前者的食物给后者享用，不是太偏颇了吗？"可见庄子已然超越了死亡，忘却了生死。

孔子有句名言——"未知生，焉知死"，就很好地概括了中国古代的生死观。这是一种自然主义的生死观，关注的是当下的人生，而非死后的世界。生与死作为生命的自然过程，完全可以"乐天知命"，活着就是活着，抓住当下的生活，尽力去实现人生的价值，正所谓"哀死而不患死"。这就是中国传统文学中对待生死的现实主义精神，也是"方生方死，方死方生"的浪漫主义生死观，也就是说，要从主观精神层面去实现对于生死的审美超越。

小马哥：

这么一听，中国传统文学中的生死观，对于死亡并没有那么焦虑，相反，非常超脱、非常豁达。那么西方文学中的生死观又是什么样的呢？

安子：

西方文化有冥思死亡、赞美死亡、对死亡刨根问底的传统。从古希腊戏剧深沉的悲剧精神，基督教文学关于灵魂不死的观念，到现代哲学、文学对死亡执着的追问，西方传统文学中的生死观与中国传统文学中的生死观正好相反，可谓"未知死，焉知生"。这就是为什么说西方文化是悲剧文化。西方文化认为死亡是生命的目的，提出要在

走向死亡的历程中生存、生活和发展，也就是所谓的"向死而生"。弗洛伊德说："要想继续活下去，就先做好死的准备。只有做好死的充分准备，才会感受到生的可贵、生的价值，才会分秒必争，充实人生。"比如海明威的作品《老人与海》，就是教人有勇气正视死亡、认识死亡，从而面对死亡。再如在莎士比亚的名著《哈姆雷特》中有一句经典的名句，那就是"活着还是死去，这是一个问题"。

不过，不管是中国的"未知生，焉知死"还是西方的"未知死，焉知生"，就像蛋生鸡还是鸡生蛋一样，虽然有很大差别，但都是对生死观的一种审视，都是出于对生命的热爱而进行的思考，都是力求超越死亡，超越死亡所承载的伤痛、悲苦、绝望和恐惧。

由于渗透了庄子诗化哲学的精义，成为庄子哲学的代表。也由于它包含了浪漫的思想情感和丰富的人生哲学思考，引发后世众多文人骚客的共鸣，成为经常吟咏的题目，著名的如李商隐的诗句："庄生晓梦迷蝴蝶，望帝春心托杜鹃。"

第二部分 《我与地坛》

小马哥：

聊了这么多中外文学作品中生死观的区别，那么我们能不能就具体的文学作品来看一看中国文学作品中的生死观呢？

安子：

好啊。咱们就先说说大家熟悉的著名作家史铁生的作品《我与地坛》吧。

《我与地坛》写的是作家史铁生在双腿残疾的沉重打击下，在找不到工作，找不到出路，忽然间几乎什么都找不到的时候"走"进地坛，从此以后与地坛结下不解之缘的过程。在这篇文章里，史铁生深入思考人生，也想明白了生死。

史铁生在这篇文章中这样写道："这样想了好几年，最后事情终于弄明白了：一个人，出生了，这就不再是一个可以辩论的问题，而只是上帝交给他的一个事实；上帝在交给我们这件事实的时候，已经顺便保证了它的结果，所以死是一件不必急于求成的事，死是一个必然会降临的节日。这样想过之后我安心多了，眼前的一切不再那么可怕。比如你起早熬夜准备考试的时候，忽然想起有一个长长的假期在前面等待你，你会不会觉得轻松一点？并且庆幸并且感激这样的安排？"

史铁生（1951年1月4日—2010年12月31日），中国作家、散文家。

1951年出生于北京。1967年毕业于清华大学附属中学，1969年去延安一带插队。因病于1972年回到北京。后来又患肾病并发展到尿毒症。历任中国作家协会全国委员会委员，北京作家协会副主席，中国残疾人联合会副主席。自称职业是生病，业余在写作。

2010年12月31日凌晨3时46分，史铁生因突发脑出血逝世，享年59岁。

在作家史铁生眼里，地坛是洞察了几百年历史沧桑的时间老人，是包容一切生命、一切坎坷不平的大地母亲，是经历了一切苦难、洞悉了一切世故的智者。作者在地坛里一连几个小时专心致志地想关于死的事，也以同样的耐心和方式思考他的人生。

其实，"生与死"不仅是一个重要的哲学命题，也是生命的首要内容。

小马哥：

生死观，其实就是一个哲学问题。法国哲学家加缪曾说过："真正严肃的哲学问题只有一个：自杀。判断生活是否值得经历，这本身就是在回答哲学的根本问题。"

安子：

是啊，生与死的思考，我想很多人都有过。活着很幸福，但不管是"先知生后知死"还是"句死而生"，能活得明白，并且不畏惧死亡，都不容易。所以我们羡慕孩子们无忧无虑，那是因为他们不用想太多，就那样本真地活着。而想得越多，痛苦也越多。史铁生之所以比常人更痛苦，就是因为他比常人想得更多。而他痛苦的根源就是他身体残疾而思想健全。

而地坛就是那个智者，它在经年累月后，告诉史铁生："孩子，这不是别的，这是你的罪孽和福祉。"史铁生在地坛里细致地观察小蜜蜂、小瓢虫，看草木昆虫竞相生长，发现生命、观察生命，进而赞叹生命、深爱生命。以至于有一天，史铁生终于"一下子就理解了它的意图"。地坛

史铁生的代表作有：短篇小说《爱情的命运》《我的遥远的清平湾》《车神》《钟声》等；中篇小说《山顶上的传说》《关于詹牧师的报告文学》《礼拜日》《原罪·宿命》等；长篇小说《务虚笔记》《我的丁一之旅》；随笔散文《秋天的怀念》《合欢树》《好运设计》《我与地坛》等。

这座古园，就像一位饱经沧桑的老人，他把自己身上所有的东西都化作哲理，为史铁生解答了生死的意义。

曾有人把《我与地坛》比作"一个伟大思想成熟的历程"，一个人倘若真的能够参悟生死，像中国的老祖宗一样"乐生乐死"，就真的是思想成熟了。

语录：在满园弥漫的沉静光芒中，一个人更容易看到时间，并看见自己的身影。

人真正的名字是欲望。

死是一件无须乎着急去做的事，是一件无论怎样耽搁也不会错过了的事，一个必然会降临的节日。

不能承受生命之痛，残疾的躯体，在轮椅上思考，从大自然中得到启示，死是一个必然降临的节日，应该健康的活着，恪守并遵循生命的轨迹。
——《我与地坛》

第三部分 《活着》

小马哥：

　　安子，我记得余华有部作品，名字就叫《活着》，而且余华在这部作品里说"人是为活着本身而活着的"，那么，这是不是也体现出一种现实主义的生死观呢？

安子：

　　小马哥，这个作品提得好啊，《活着》是当代文学作品中，非常深刻地揭露人性和中国人的生死观的一部作品。

　　《活着》一方面强调要平等地对待生命、尊重生命；另一方面强调对苦难要学会承受，对活下去要执着勇敢。《活着》中的福贵，是一个以最本真的状态活着的人物形象。

　　其实福贵并不富贵，在自己的老婆家珍怀孕时去城里嫖、赌，把全部家当输给了龙二。最后，福贵爹气得把家当换成了铜钱，让福贵自己挑进城里去还赌债。最终，龙二成了福贵家所有土地和房子的主人。福贵爹断气后，福贵的老丈人把福贵的老婆家珍接回城里。再后来，福贵租了龙二的五亩地，开始种地养家。而家珍也在半年后，带着儿子有庆回来了。

　　可平稳的日子还没过几天，福贵娘就病了。福贵到城里请医生，和县太爷的仆人打了起来，结果被抓去当兵了。福贵后来打过很多次仗，九死一生，最后被解放军围困当了俘虏，才算回了家。这才知道自己离家两个月后，娘就

　　余华，1960年4月3日生于浙江杭州，当代作家。中国作家协会第九届全国委员会委员。

　　1977年中学毕业后，进入北京鲁迅文学院进修深造。1983年开始创作，同年进入浙江省海盐县文化馆。1984年开始发表小说，《活着》和《许三观卖血记》同时入选百位批评家和文学编辑评选的20世纪90年代最具有影响的十部作品。1998年获意大利格林扎纳·卡佛文学奖。2005年获得中华图书特殊贡献奖。

去世了，女儿凤霞在一次生病后变成了哑巴。

紧接着"土改"开始，福贵分到了五亩地，龙二被枪毙。

后来，为了送有庆去念书，福贵把凤霞送给别人。凤霞偷跑了回来。有庆放学就去割草喂羊，一家人一起共渡难关。可平稳日子没过几天，家珍就得了软骨病，治不好了。后来，有庆又因为某种原因离开了人世。对于有庆的死因，电影版的《活着》和原著有所不同，建议大家自己看。原著里有庆的死因太让人心酸，相信读过原著的听众都有同感。后来，福贵给家珍准备了棺材，可家珍竟然又活了下来。再后来，凤霞遇到了好男人偏头二喜。二喜帮福贵家重新装修了房子，风光地把凤霞娶到了城里。然而凤霞在生完儿子苦根后，大出血死去。凤霞去世三个月之后，家珍也死了。

后来，二喜带着儿子苦根，靠搬运货物辛苦度日，和福贵祖孙三人相依为命。可四年后，二喜被水泥板压死了。而苦根竟然在七岁的时候，因吃了太多的煮豆子撑死了。

最后，福贵买了一头差点被屠宰的老牛，和自己一起度日。

这就是《活着》，这就是余华所讲的"人是为活着本身而活着"，然而余华在另一部作品里却写道："如果求生是包括人在内的一切生物的本能，那么人比其他生物已然又多了一种本能，就是不仅仅要活，还要活得明白。"

小马哥：

安子，《活着》的确太惨了，不管是电影还是原著，看完心里都特别难过。那么，作家在这部作品里，究竟要

《活着》是作家余华的代表作之一，讲述了在大时代背景下，随着中国人民解放战争及随后的各种社会变革，徐福贵的人生和家庭不断经受着苦难，到了最后所有亲人都先后离他而去，仅剩下年老的他和一头老牛相依为命。

余华因这部小说于2004年3月荣获法兰西文学和艺术骑士勋章。

表达怎样一种生死观呢?

安子:

就是要"活着",不管人生如何不公,如何波折,如何捶弯你的脊背,都要活着,坚强地活着。生命不仅可贵,而且是有尊严的,就算是命运捉弄你,就算是上帝冷酷,漠然注视着生命的差别与命运的不公,但它终究会在某一天,将所有的差别如数奉还给你。在《活着》这部作品中,那些看似悲哀的死亡,彰显了作家余华对于生的尊重和对于死的同情。就算是福贵败光了家产,父亲猝然离世;就算是福贵被迫当兵,时刻面临着死亡的威胁;就算是福贵的母亲离世,女儿凤霞成了哑巴,家里被砸锅烧铁,儿子有庆死去,凤霞难产而死,妻子家珍扣郁离世,女婿二喜意外被水泥板压死,孙子苦根吃豆子时被撑死……亲人一个个都离他而去,福贵还是"活着"。他与老牛坚守在那块古老的田地上,他还是哼唱着"皇帝招我做女婿,路远迢迢我不去",这就是"活着",见惯了生死之后的豁达和超脱。福贵从年轻时的浪荡公子到背负了太多生死的老者,从苦难的生活与亲人的温情中,一步步感受到什么是真正的生与死。

我们在年轻的时候,大都能乐观地活着,然而,如果我们真的如福贵一样活过几十年,还能心存希望并乐观坚韧地活着吗?真的如余华所说:"人是为了活着本身而活着的,而不是为了活着之外的任何事物而活着。"活着本就不易,也只有承受了重重苦难的人,才有权利活下去,这就是《活着》这部作品所传达的生死观。

《活着》讲述了一个人一生的故事。这是一个历尽世间沧桑和磨难老人的人生感言,是一幕演绎人生苦难经历的戏剧。小说的叙述者"我"在年轻时获得了一个游手好闲的职业——去乡间收集民间歌谣。在夏天刚刚来到的季节,遇到那位名叫福贵的老人,听他讲述了自己坎坷的人生经历:地主少爷福贵嗜赌成性,终于赌光了家业,一贫如洗。穷困之中福贵因母亲生病前去求医,没想到半路上被国民党部队抓去做了壮丁,悲剧从此才开始渐次上演。福贵的亲人们在动荡的生活中逐一离去……生命里难得的温情将被一次次的死亡撕扯得粉碎,只剩得老了的福贵伴随着一头老牛在阳光下回忆。

小马哥：

安子，福贵最后是悲苦的吗？

安子：

福贵历经苦难和死亡，最后孑然一身，死亡无情地夺走了他身边每一样有价值的东西，每一个能够温暖他的人，但最后他还活着。即便死亡剥夺了福贵的亲人们所有活着的希望，但福贵活着，还是展现了对生活的渴盼。既然活着，就有幸福可以追求，就有新的希望。死亡是生命的终点，人们在活着的时候要珍惜生命中的每一分钟，珍惜身边活着的每一个人，这才是活着的真正意义。

余华

活着

To Live

第四部分 《秘密》

小马哥：

死亡是对人类生活困境的一种解脱，或许也可以说是文学中最重要的表现方法吧。我们从福贵身上看到了中国劳动人民顽强的精神力量。那么，安子，给我们讲一讲外国经典文学作品中的生死观吧。

安子：

小马哥说得非常好，死亡可以说是文学作品中最重要的探索课题。文学作品要展现生活，探寻活着的意义，就要表达一种生死观。对生与死的阐述，直击人的灵魂深处，中国文学作品中的生死观，表现了中国人民传统的对生命的渴求，是一个民族对苦难的态度。在外国文学经典作品中，也有很多探析人性本质、表达生死观的生命之书，比如东野圭吾的《秘密》。

小马哥：

东野圭吾凭借作品《秘密》荣获第 52 届日本推理作家协会奖，同时入围直木奖。这部小说还拍成了同名电影，是东野圭吾的经典作品。安子，就给我们讲一讲这部小说里的生死观吧。

东野圭吾，日本推理小说天王，1958 年出生于日本大阪。毕业于大阪府立大学电气工学专业，之后在汽车零件供应商日本电装担任生产技术工程师，并进行推理小说的创作。1985 年，凭借《放学后》获得第 31 届江户川乱步奖，从此成为职业作家。2011 年 11 月 21 日，第 6 届中国作家富豪榜子榜单"外国作家富豪榜"发布，东野圭吾以 480 万元的年度版税收入，荣登外国作家富豪榜第 5 位，引发广泛关注。2017 年 4 月，第 11 届中国作家富豪榜子榜单"外国作家富豪榜"发布，东野圭吾以 2200 万元的版税收入，荣登外国作家富豪榜首位。同年出版小说《风雪追击》《第十年的情人节》。

安子：

《秘密》是东野圭吾1998年发表的一部长篇小说。1997年，东野圭吾与相伴14年的妻子离婚。离婚一年后，《秘密》出版。《秘密》讲述的是男主人公杉田平介在他的妻子、女儿遭遇车祸后，妻子的灵魂寄居在女儿体内，从此一家人开始了不平凡的生活。白天女儿去上学，还是那个女儿，回到家，却变成了和妻子一样，做饭洗衣，浇花打扫。就是在这样不平常的日子里，隐藏着有关生死的秘密。这个秘密催人泪下，震人心魂。原来一切都是秘密，属于两个人的秘密；一切又不是秘密，只是生与死的区别。

对东野圭吾来说，《秘密》有特殊的意义，这不仅是他第一部被翻译成英文的作品，也是第一部被拍成电影的小说。实际上，在《秘密》中，根本没有凶手，也没有凶杀现场。如果说要找出害死平介的妻子或者女儿的凶手，那就是命运。东野圭吾在《秘密》中，所表达的生死观正是对生的期盼、对死的尊重。

第五部分 《入殓师》

小马哥：

　　在中国的道家、印度的瑜伽以及藏传佛教中都有类似东野圭吾的《秘密》一样探寻死亡真相的故事。所表达的，就是对死亡的尊重和对新生的渴望。

安子：

　　没错，东方各国的文化有近似之处。日本的文学作品所表达的生死观与中国传统文化中的生死观有近似之处，比如日本著名电影《入殓师》的同名作《入殓师》。

小马哥：

　　说到电影《入殓师》，真的是一部非常经典的影片，口碑非常好，曾获第32届加拿大蒙特利尔国际电影节大奖、第81届奥斯卡金像奖最佳外语片奖等奖项。

安子：

　　看过这部影片的朋友们一定都还记得这部影片中那位年轻的新手入殓师。这部影片不仅让世界了解了入殓师这个行业，也真正做到了正视死亡、尊重死亡。而这部影片的同名作，是一部沉重的作品。

　　影片《入殓师》是根据日本作家青木新门的小说《纳棺夫日记》改编而成的，后来由日本作家百濑忍根据电影

语录： 让已经冰冷的人重新焕发生机，给他永恒的美丽。要冷静、准确，而且要怀着温柔的情感，在分别的时刻，送别故人。静谧，所有的举动都如此美丽。

——《入殓师》

《入殓师》改编成小说《入殓师》。

《入殓师》讲述了日本入殓师的生活。影片以新手入殓师小林大悟的视角，去观察各种各样的死亡，凝视围绕在逝者周围的充满爱意的人们。小林大悟原来是管弦乐团的大提琴家，大提琴家本来是一种脱凡超俗、非常高雅的职业，可因为乐团解散，大悟不得不结束演艺生涯，带着妻子返回了故乡。后来，他看到一个"招旅行社导游"的广告，便去应聘。结果这则广告不过是一个误会，真正的工作是为死者做人世间最后一程的导游，也就是入殓师。大悟第一次跟佐佐木社长去为死者擦洗、更衣，遇到的就是一个死了两个星期的老奶奶的尸体，他当场就吐了起来。后来，每次面对冰冷的尸体，大悟的内心都要经历挣扎与煎熬。但终于，在一次次地见证生死诀别之后，大悟对生命与死亡有了新的认识。最终，他用那双艺术家的手在逝者的身体上奏出哀美的旋律。经历种种曲折之后，大悟终于赢得了妻子美香的理解及周围人的尊敬。然而，大悟却突然接到 30 年前抛妻弃子离家出走、音信全无的父亲死亡的消息。大悟亲自为父亲入殓，却发现父亲的手中紧握着 30 年前大悟送给父亲的石头……

小马哥：

这个故事的确很沉重。

安子：

是的，但它所表达的生死观，却是极端冷静的，是对生命的终极关怀和对死亡的最大尊重，让已经冰冷的人重

摘录：我们每个人都在经历着一场旅行，由生至死。曾有人说，出生时，我们在哭，周围的人在笑；死去时，我们在笑，而周围的人在哭。没有人可以告诉你死去的旅程到达何方，是悲是喜。那是一场注定孤独的旅程，我想踏上旅程的人必定希望走得无所牵挂吧。他们只是希望曾经被这个曾经哭泣着到达的世界温柔地对待过吧。

——《入殓师》

新焕发生机，让死者永远美丽。正像影片《入殓师》里台词说的一样："死可能是一道门，逝云并不是终结，而是超越，走入下一程，正如门一样。我作为看门人，在这里送走了很多人。说着，路上小心，总会再见的。"这才是对于死亡的终极尊重，也是最凝重、最神圣的生死观。

第六部分 《丧钟为谁而鸣》

小马哥：

安子，我们聊了这么多，说的都是东方经典文学作品中的生死观，那么，我们再来说说西方经典文学作品中的生死观吧。

安子：

那就说说著名作家海明威的《丧钟为谁而鸣》吧。《丧钟为谁而鸣》是美国作家海明威于 1940 年创作的长篇小说，以美国人参加西班牙人民反法西斯战争为题材，是海明威的代表作之一。

《丧钟为谁而鸣》讲述的是西班牙内战中一支游击队英勇作战的故事。主人公罗伯特·乔丹原本是美国的一名大学教师，他所教授的课程就是西班牙语，所以他对西班牙有深厚的感情，战争中，他自愿参加国际纵队，为西班牙新生的共和国而战。为配合反攻，他奉命和地方游击队联系，完成炸桥任务。他争取到游击队队长巴勃罗的妻子比拉尔和其他队员的拥护，孤立了已丧失斗志的巴勃罗，并按部就班地布置好每个人的具体任务。在纷飞的战火中，他与比拉尔收留的被敌人侵犯过的小姑娘玛丽亚坠入爱河，借此抚平了玛丽亚心灵的创伤。在这三天中，罗伯特历经爱情与职责的冲突和生与死的考验，在炸完桥撤退的时候，却被敌人打伤了大腿。他命令战友们撤退，自己准

海明威（1899—1961），全名欧内斯特·米勒·海明威，出生于美国伊利诺伊州芝加哥市郊区奥克帕克，作家、记者，是 20 世纪著名的小说家。

海明威的一生之中曾荣获不少奖项。他在第一次世界大战期间被授予银质勇气勋章；1953 年，他以《老人与海》一书获得普利策奖；1954 年，《老人与海》又为海明威夺得诺贝尔文学奖。2001 年，海明威的《太阳照样升起》与《永别了，武器》两部作品被美国现代图书馆列入"20 世纪中的 100 部最佳英文小说"中。

备和敌人同归于尽。在生命的最后一刻，他深感"世界是个美好的地方，值得为之战斗"。

之前我们在解读经典文学作品中的老人形象时，解读过海明威的《老人与海》。海明威的作品中，一向不乏硬汉，在《丧钟为谁而鸣》中，他所表达的生死观，正是人类与死亡和命运的抗争，是人类在生死的挑战面前所表现的硬汉精神。在这部作品中，主人公没有了往昔对死亡的恐惧，而是怀着高尚的理想死去，这和死是对生的价值的最好体现。

在《丧钟为谁而鸣》中，海明威所表达的，是存在主义死亡观，这是他在对死亡的亲身体验的基础上建立起来的生死观。海明威从小受到他的父亲——海明威医生的影响，非常喜欢钓鱼、打猎、郊游等野外活动，还喜欢拳击。他不仅勇敢而且喜欢冒险。海明威在 1918 年参加红十字救护队，奔赴欧洲意大利前线。可是，战争给他的却是 277 块弹片和十几次手术。海明威亲身经历了死亡的威胁，也看到了战场上一个个鲜活的生命如何走向死亡。在这样的生死冲突中，海明威形成了严肃而冷峻的生死观。海明威还参加过"二战"和西班牙内战，后来还获得了铜质勋章。海明威一生中，经历过无数次死亡的威胁。他与妻子玛丽去非洲狩猎时，发生了两次飞机失事，导致严重的脑震荡。1939 年，他在威尼斯附近打野鸭，子弹的碎片崩进了他的眼睛，他还险些死于丹毒（一种皮肤炎症）。就连雷雨天打电话时，他也多次被雷电击中，所幸只是麻木或者昏迷。

正因为有了对死亡的切身体验，海明威才悟出了生死

1961 年 7 月 2 日，海明威在爱达荷州凯彻姆的家中用猎枪自杀身亡。

海明威一向以文坛硬汉著称，他是美利坚民族的精神丰碑。海明威的作品标志着他独特创作风格的形成，在美国文学史乃至世界文学史上都占有重要地位。

语录： 在这个世界上，欲望并非痛苦，它可以使感觉变得敏锐，是一个人的青春的内在标志。

自己就是主宰一切的上帝，倘若想征服全世界，就得先征服自己。

上帝创造人，不是为了失败。

——海明威

的真谛，死亡是生命的终结，但不是生命的目的。海明威的父亲最终以自杀结束了自己的生命，这也让海明威因此重新审视了死亡的静美。他不惧生命的消失，相反，他采取果断的方式结束了自己的人生。这正好印证了存在主义的行动精神，与《丧钟为谁而鸣》所表达的一样，在面对死亡的威胁时，要么做个抗拒死亡的硬汉，要么选择战胜死亡的恐惧，结束生命。

正所谓"人生来就不是为了被打败的，人能够被毁灭，但不能够被打败"。就算是死，海明威也要死得灿烂。

小马哥：

这就是西方生死观的典型体现，无畏恐惧，直面死亡。

安子：

总之，不管是东方的生死观还是西方的生死观，经典文学作品中所表达的生死观，都是一种人道主义精神，一种对生死的超越。正如《入殓师》所表达的，生死都是一场旅程，死亡不过是走入另一个门，开始另一段旅程。每个人都是这个世界的一分子，每个人都应该用自己心中最真挚的爱去温暖这个世界的每一个角落，让周围的人都感受到温暖，将爱与温暖永远地传播下去。这才是生的意义和死的尊严。

我们都来自尘土，还应还于尘土。最重要的不是我们如何生，如何死，而是在生死之间，生死面前，如何进退，如何超越，如何实现自我的价值。只有实现了自我的价值，当丧钟再度响起时，它才不再只为一个人而鸣，而是为全人类而鸣！

语录：生活与斗牛差不多。不是你战胜牛，就是牛挑死你。

——海明威

NO.5
4.27

解读经典作品中的
劳动者形象

作品

作品名	主角	作者
《骆驼祥子》	祥子	老舍
《平凡的世界》	孙少平、孙少安	路遥
《慈悲》	水生	路内
《海上劳工》	吉利亚特	雨果
《密西西比河上》	船员	马克·吐温

导语

　　五一劳动节即将来临，在这个国际性的节日来临之际，我们来聊一聊经典文学作品中的劳动者。国际劳动节又称"五一国际劳动节""国际示威游行日"，是世界上80多个国家的全国性节日。1889年7月，由恩格斯领导的第二国际在巴黎举行代表大会通过决议，1890年5月1日国际劳动者举行游行，并决定把5月1日这一天定为国际劳动节。从此以后，每年的5月1日是"五一国际劳动节"，它是全世界劳动人民共同拥有的节日。我国于1949年12月做出决定，将5月1日确定为劳动节。

　　劳动是世界上一切欢乐和幸福的源泉。劳动者靠智慧和勤劳，创造出这个美丽的世界。劳动者不仅创造了世界，而且带给我们财富与力量。我们由衷地赞美劳动者，在五一来临之际，向所有的劳动者致敬。

　　在文学作品中，有各色各样的劳动者。他们成为一部部文学作品的主角，成就了世界文坛上一个个经典的劳动者的形象。比如老舍的《骆驼祥子》中的祥子，《平凡的世界》中的孙少安，《慈悲》中的水生，还有大家

熟知的外国文学作品《海上劳工》以及《密西西比河上》，
塑造了一个个形象迥异的劳动者。

路遥 著
平凡的世界

第一部

茅盾文学奖皇冠上的明珠

激励亿万读者的不朽经典
深受老师和学生喜爱的推荐标的必读书

中国人民庆祝劳动节的活动可追溯至 1918 年。这一年，一些革命的知识分子在上海、苏州、杭州、汉口等地向群众散发介绍"五一"的传单。

1920 年 5 月 1 日，北京、上海、广州、九江、唐山等各工业城市的工人群众浩浩荡荡地走向街市，举行了声势浩大的游行、集会。李大钊专门在《新青年》上发表了《"五一"运动史》，介绍"五一"节的来历和美、法等国工人纪念"五一"的活动，号召中国工人把这年的"五一"作为觉醒的日期。

解读

第一部分 《骆驼祥子》

小马哥：

五一国际劳动节即将到来，在这个全世界劳动者的节日里，小马代表"品味书香"栏目，向所有的劳动者致以节日的问候。正是因为各行各业的劳动者在自己的岗位上辛勤劳动着，才有了我们的幸福生活。在这个轻松愉快的节日里，在春风和煦的日子里，在朋友们享受假期的惬意时，我们也来看一看世界经典文学作品中的劳动者形象，看一看作家笔下那些形象各异的劳动者们。

今天请到的，还是我们的老朋友——作家安子。

安子，来，跟大家打个招呼吧。

安子：

小马哥好，各位听众朋友们好，安子在这里，祝大家五一快乐，幸福健康。

小马哥：

安子，在经典文学作品中，劳动者是不是经常出现的人物形象呢？

安子：

劳动者在文学作品中出现的频率非常高，在大部分文学作品中，都有这样那样的劳动者的形象，不管是描写贵族生活还是描写残酷的战争，还是描写时代变革还是描写爱情纠葛，都少不了各种各样的劳动者的形象。举个例子，《乱世佳人》大家都熟悉，里面的黑妈妈、彼得大叔，就是经典的劳动者的形象。然而劳动者并不仅仅只有穷人，就连郝思嘉的母亲，也是一个劳动者的形象。她一直在为一大家子人忙碌操劳，她关心每一个人，没日没夜地劳作，是非常典型的劳动者的形象。再比如众所周知的《简·爱》，简·爱本人就是一个劳动者，一个家庭教师。所以绝大部分文学作品中，都有劳动者的形象，不管是贵族家里的厨子、奶妈、管家，还是战争中的平民百姓。而在我国，古代就有不少描写劳动者的诗歌，比如诗篇《悯农》："锄禾日当午，汗滴禾下土。谁知盘中餐，粒粒皆辛苦。"还有《蚕妇》："昨日入城市，归来泪满巾。遍身罗绮者，不是养蚕人。"以劳动者为主角的小说也有不少。比如老舍的《骆驼祥子》，路遥的《平凡的世界》，路内的《慈悲》；国外的文学作品如雨果的《海上劳工》，马克·吐温的《密西西比河上》。

在北京，一些青年外出宣传，散发《五月一日劳工宣言》，唤起工人为反对剥削、争取自身权利而斗争。这是中国首次纪念"五一"国际劳动节的活动，也是中国历史上的第一个"五一"劳动节。

小马哥：

那我们就从大家最熟悉的老舍的《骆驼祥子》讲起吧！

安子：

好的。很多听众朋友看过《骆驼祥子》，当年张丰毅和斯琴高娃演绎的祥子和虎妞，让这部作品深入人心。

《骆驼祥子》讲的是 20 世纪 20 年代军阀混战时期一个北平人力车夫的悲惨命运。祥子出场的时候，真的是典型的劳动者形象：18 岁，父母去世，失去土地，到北平来拉车。他老实、健壮、坚忍、自尊、好强、吃苦耐劳，一心想凭自己的力气挣口饭吃。然而在当时的社会背景下，祥子最终经历了三起三落，变成了一个麻木、潦倒、狡猾、好占便宜、吃喝嫖赌的悲惨的底层百姓的形象。

小马哥：

祥子经历了哪三起三落呢？

安子：

祥子来到北平城的头三年，拼命拉车，凭着自己的勤劳，凑足了 100 块钱，买了一辆新车。这算是祥子人生的第一次高潮。然后，祥子连人带车被宪兵抓去当壮丁，这是第一次落入低谷，做快乐车夫的理想第一次破灭。不过祥子还不算倒霉透顶，车没了，他总算还顺手牵羊，从军营里牵了三头骆驼，卖了 35 块钱。祥子之所以被称为骆驼祥子，就是因为这三头骆驼。然后祥子就把卖骆驼的钱寄存在虎妞她爹刘四爷那儿，自己先后在杨家和曹家拉包

舒庆春（1899 年 2 月 3 日—1966 年 8 月 24 日），字舍予，笔名老舍，满族正红旗人，生于北京，中国现代小说家、著名作家，杰出的语言大师、人民艺术家，中华人民共和国成立后第一位获得"人民艺术家"称号的作家。著有长篇小说《小坡的生日》《猫城记》《牛天赐传》《骆驼祥子》等，短篇小说《赶集》等。老舍的文学语言通俗简易，朴实无华，幽默诙谐，具有较强的北京韵味。

月。 随后祥子的生活算是有了一点起色。虽然他在离开杨家回到人和车厂时，被虎妞灌醉骗上了床，但他还是一门心思地想要拉车赚钱，攒钱买新车。然而后来，祥子辛苦攒的钱又被孙侦探骗去，祥子的人生又一次跌入低谷。再后来，虎妞骗祥子说自己怀孕了，然后张罗和祥子结了婚，然而虎妞她爹刘四爷却不认这个女婿，甚至连女儿都不要了，直接卖了车场走掉了。没办法，虎妞只得以低价给祥子买了邻居二强子的车。祥子这次终于又有了自己的车，又实现了人力车夫的梦想。后来虎妞真的怀孕了，祥子拼命拉车赚钱，再后来虎妞难产死了。为了给虎妞置办丧事，祥子又卖掉了车。最后，就连祥子最喜欢的女孩小福子，都在"白房子"（也就是妓院）里上吊自杀了。祥子最终失去了所有美好的期盼和向往，变成了一个麻木、潦倒、狡猾、好占便宜、吃喝嫖赌的行尸走肉。

小马哥：

真的是非常坎坷的人生经历啊。祥子所代表的底层劳动人民，在旧社会的压迫下，落得如此悲惨的下场，真是让人唏嘘。

安子：

老舍借骆驼祥子这个底层劳动者，表达了对劳动人民的深切同情，也批判了自私狭隘的个人主义。人性的复杂在这部作品里暴露无遗。老舍无情地批判了当时的社会，通过祥子的悲剧，写出了劳动人民在旧社会受到的种种苦难，传递了对旧社会的批判与反思，对愚昧、压抑的旧社

堕落前的祥子憨厚能干、坚韧好强、淳朴善良，以劳动为荣、人也本分，不愿过苟且偷生的生活。

堕落后的祥子混日子生活无依无靠，懒惰、麻木、潦倒、狡猾、好占便宜、自暴自弃。

会的等级制度、腐朽文化的痛斥。通过对包括祥子、小福子、虎妞等在社会底层苦苦挣扎的劳动者身上的善良、希望、淳朴等闪光的人性的描写，以浪漫主义为基调，以现实主义的手法，表达了对底层劳动者的同情和哀怜。

那辆车也真是可爱，拉过了半年来的，仿佛处处都有了知觉与感情，祥子的一扭腰，一蹲腿，或一直脊背，它都就马上应合着，给祥子以最顺心的帮助，他与它之间没有一点隔膜别扭的地方。赶到遇上地平人少的地方，祥子可以用一只手拢着把，微微轻响的皮轮像阵利飕的小风似的催着他跑，飞快而平稳。拉到了地点，祥子的衣裤都拧得出汗来，哗哗的，像刚从水盆里捞出来的。他感到疲乏，可是很痛快的，值得骄傲的，一种疲乏，如同骑着名马跑了几十里那样。

——《骆驼祥子》

第二部分 《平凡的世界》

小马哥:

聊完了《骆驼祥子》，我们聊一聊刚才提到过的以劳动者为主角的作品——路遥的《平凡的世界》吧。

安子:

好。《平凡的世界》于 1989 年荣获第 3 届茅盾文学奖，它描写了从 1975 年到 1985 年，中国 10 年间城乡社会生活的巨大的历史性变迁；它以农家子弟孙少安和孙少平两兄弟为中心，以整个社会的变迁、思想的转型为背景，通过复杂的矛盾纠葛，刻画了社会各阶层普通人民的形象，成功地塑造了孙少安和孙少平这些为生活默默承受着人生苦难的劳动者形象，展现了劳动者的自尊、自强与自信，以及面对苦难顽强拼搏、不怕挫折、勇敢追求的奋斗精神。这部作品百余万字，是一部读来令人荡气回肠的佳作。

小马哥:

安子，给我们讲讲这部作品吧。

安子:

这部作品写的是 20 世纪 70 年代，自尊好强的农家子弟孙少平和孙少安的故事。

孙少平在原西县高中读书，和地主家庭出身的郝红梅

路遥（1949 年 12 月 3 日—1992 年 11 月 17 日），原名王卫国，陕西清涧人，中国当代作家。路遥的小说多为农村题材，描写农村和城市之间的人和事。1986 年后推出《平凡的世界》第一部和第二部。1992 年，路遥积劳成疾，在写完《平凡的世界》第三部后不久英年早逝。《平凡的世界》以其恢宏的气势和史诗般的品格，全景式地表现了改革开放时代中国城乡的社会生活和人们思想情感的巨大变迁。该作获得第三届茅盾文学奖。

相互爱恋。孙少平很喜欢郝红梅，郝红梅对他也颇有好感，然而最终，郝红梅却和家境优越的班长顾养民谈起了恋爱。和孙少平同村的同班同学好友田润生打抱不平，狠狠揍了顾养民一顿。

孙少平算是失恋了，可他不肯承认自己失恋，失恋让他感到自卑。他积极参加会演，认真排练，拼命读书。因此，倔强、自尊心强的少年孙少平，吸引了县领导的女儿田晓霞的目光。孙少平高考落榜，只好回乡劳动。他在经历大旱、抢水、死人等事件时所表现的英雄气节，让人赞叹。后来，孙少平断然拒绝了侯玉英以进城为诱饵的追求，远离故土，漂泊打工。

孙少平做过建筑工人，做过煤矿工人。孙少平和记者田晓霞相爱，然而田晓霞却在抗洪采访中为抢救灾民光荣献身。孙少平从此一心扑在煤矿上，一直到 27 岁，在一次事故中为救护徒弟身受重伤。孙少平的伤非常严重，几乎毁容，然而却得到少年时的小伙伴金波的妹妹告白。孙少平为对方的前途着想，最终还是拒绝了。

孙少平从医院走出后，勇敢地面对现实，充满信心地回到了矿山，去迎接新生活的挑战。

小马哥：

孙少平，新时代的优秀劳动者的形象。那么孙少安呢？

安子：

孙少安是孙少平的哥哥，他初中毕业就在家里劳动，和村支书田福堂的女儿田润叶青梅竹马，然而却遭到田福堂的强烈反对。最后，孙少安娶了勤劳善良的山西姑娘贺秀莲。

十一届三中全会后百废待兴，村支书田福堂连夜召开支部会抵制责任制，然而孙少安却领导生产队率先实行了责任制。后来头脑灵活的孙少安进城拉砖，用赚的钱建窑烧砖，成了公社的"冒尖户"。

孙少安的砖窑不断发展，他贷款扩建机器制砖，却因技师不懂技术，使得砖窑蒙受了很大的损失。后来，孙少安在朋友和县长的帮助下再度奋起，道过几番努力，终于成了当地社会主义建设的领头人。

小马哥：

两个典型的通过自身努力成长起来的社会主义新时代的劳动者的形象。

安子：

《平凡的世界》之所以感人，就是因为它所描写的正是最平凡、最普通的劳动者。这些普通劳动者不甘被命运打败，在沉重的生活中自强不息，这就是这本小说鼓舞了一代又一代年轻人的力量所在。

摘录：既不懈地追求生活，又不敢奢望生活过多的酬报和宠爱，理智而清醒地面对现实。

权威是用力量和智慧树立起来的。

一个人精神是否充实，或者生活得是否有意义，主要取决于他对劳动的态度。
——《平凡的世界》

第三部分 《慈悲》

小马哥：

2016 年有一部中篇小说，题目叫《慈悲》。这部小说写的也是普通劳动者，获得了广泛的好评。我们来看看这部作品吧。

安子：

小马哥提示得好，作家路内的《慈悲》是当下描写劳动者的佳作。《慈悲》是横跨中国 50 年历史的现实主义小说，小说从国营工厂时代讲起，讲述了农村孩子水生 50 年的人生经历，展现了时代变革中普通劳动者的命运。时代的变革、人性的复杂、温暖的生活以及人生的记忆，都在这本书里淋漓尽致地展现了出来。

小马哥：

水生到底是怎样一个人呢？他到底经历了什么？

安子：

水生是农村穷人家的孩子，12 岁那年，村里什么吃的都没了。水生的爸爸在田里找到了最后一根野胡萝卜，切开了给一家四口吃。最后水生的爸爸说："再不走，全家饿死在这里了。"于是水生的妈妈牵着水生，水生的爸爸背着水生的弟弟，走出了村子。后来，爸爸带着弟弟向东，

路内，小说家，1973 年出生，任职于上海市作家协会。2007 年在《收获》杂志发表长篇小说《少年巴比伦》，后有多部小说发表于《收获》和《人民文学》。2014 年以《天使坠落在哪里》为终篇，完成 70 万字的"追随三部曲"，由北京十月文艺出版社出版。2015 年 8 月出版英文版《少年巴比伦》，获美国亚马逊亚洲文学排行榜第一。2016 年出版中篇小说《慈悲》。

妈妈带着水生向北。他们见多了饿死的人，决定分头寻找出路。然而从此以后，水生再也没有见到过爸爸和弟弟。再后来，水生的妈妈去寻找水生的爸爸和弟弟，也没有回来。

20岁那年，水生进入苯酚厂，从此成为一名劳动者。

小马哥：

这个故事一开头就很悲凉。

安子：

正是因为水生的经历很悲惨，所以，水生才始终以慈悲为怀。《慈悲》描述的是当代城市工人群体的生存困境，体现的是曾经的饥荒悲剧，当代城市工人的群体精神。

水生去的是苯酚厂，所以这本书的主体故事，基本上是围绕申请补助而展开的。厂里苯甲车间工人呼吸的气体是有毒的苯甲，这使得工人们在退休后都有可能患癌死去。苯甲车间的工人因此获得国家给予的补偿。

申请补助，就是《慈悲》的核心情节。

水生能言善辩，审时度势，一次次为困难工友申请补助，几乎从不失手，但从未给自己申请过补助；水生对工友提出的调换工作等要求，也尽量帮助满足。水生不仅为自己车间的工友申请补助，而且为不是自己车间的"文革"受迫害断腿出狱、生活没有着落的根生积极谋划申请到了长期补助。

水生自己也经历了一系列的人生变故。他到城里投奔的叔叔去世，他收养了女儿复生，他的妻子也离开了人世。可以说，水生和我们熟悉的《活着》中的福贵有点像，失

去了很多很多，最终只剩下了自己。然而水生和福贵又不一样，他不仅凭着自己的智慧和慈悲，小心翼翼地渡过了一场场劫难，而且以一己之力、一己之善，守护着全家人和车间工友的安宁和尊严。从水生身上所体现出来的，是普通劳动者身上最伟大的善良。

小马哥：

真的是"慈悲"啊。那么水生的慈悲，究竟从何而来呢？

安子：

大家还记不记得那部经典电影《辛德勒的名单》？辛德勒先生的慈悲，拯救了许多犹太人。辛德勒先生不是犹太人，但是他有一颗善良的心，一颗真实的心。水生也一样，水生在童年时亲眼见了叼着白骨饿疯的人，亲历了亲人的离散，他内心的恐惧和痛楚，让他永怀慈悲。真正伟大的人从不以自己的功绩而自傲，水生从来没有为自己申请过补助，也从来没有因为自己的善举而凌驾于任何人之上。

水生的慈悲，是因为他痛过，经历过，就像没有养育过孩子的女人和养育过孩子的母亲，对于孩子的爱是完全不同的。水生的慈悲，已经超越了个体的力量，他不慕富贵，不畏穷苦，悲悯一切，安然处世，这就是劳动者的大"慈悲"。

在小说的结尾，水生的女儿复生，在祖坟前鲜活地跳跃，像一头健壮的母鹿，水生找到了弟弟，可弟弟却看破生死，皈依佛门，最终，水生要把妻子玉生和父亲的魂灵带回老家安息。一切的一切，尘归尘，土归土，终得慈悲。

小说《慈悲》从国营工厂时代说起，讲述了一个人50年的生活历程，展现了时代的变化对普通人的影响。人与人之间的关系——相互猜疑、告密到相忘于岁月，也有个人意识觉醒后的报复，等等。这些小人物的恩仇虽隐忍于生活之下，却是人生最难忘

小马哥：

这部小说让人回味无穷，又让人痛彻肺腑。

安子：

这部小说还表现了普通劳动者的铮铮铁骨，不仅书写了当代城市工人的生活困境，也展示了劳动者的气节。水生来到城里后，叔叔对水生说："吃饭不要吃全饱，留个三成饥，穿衣不要穿全暖，留个三分寒。这点饥寒就是你的家底。"

而结婚后，妻子玉生对水生说："穷人没有读过书，文化够不上，但是站有站相，坐有坐相，死了要有死了的样子。穷人就是死，也要死得体面，子孙要让先人体面地待在阴间，这就是家教。"这体现的，就是中国传统的劳动者的气节，就算是穷，也要知礼仪，也要有骨气。

的记忆。最后的结果，谁也不会知道。普通人的生死起伏只会湮没在时代大潮中。

第四部分 《海上劳工》

小马哥：

　　安子，我们前面说的都是中国文学作品中描写劳动者的小说，现在我们来说说外国作品中描写劳动者的经典作品吧。

安子：

　　好。《海上劳工》是法国著名作家维克多·雨果的名著，是一部讴歌人类同自然斗争的史诗，主角就是普通劳动者——年轻的水手吉利亚特。

　　吉利亚特是一个身世模糊的外来人。年幼时，他随他人来到小岛，在大自然中成长为一名善良的劳动者。他将自己在生活中学到的生活经验无私地告诉周围的人；他帮别人治病从不收费，救人一命，甚至连姓名都不留；他为一头驴打抱不平，花钱买下笼中的小鸟放生；他赶走山崖上的小鸟，防止有人掏鸟蛋坠崖身亡。吉利亚特在与大海的搏斗中，练就一身本领。他是优秀的舵手，无所不知，勇往直前。吉利亚特机智勇敢，刚毅坚强，他暗恋戴吕施特。在吉利亚特看来，戴吕施特就是自己心中的天使和女神。

　　戴吕施特是格恩西岛船主勒蒂埃利的侄女。勒蒂埃利有一条视为生命的新式汽船，因手下歹徒捣鬼，汽船在海上遇难沉没。于是他和侄女戴吕施特提出，谁能救出汽船，戴吕施特就嫁给谁。

维克多·雨果（1802 年 2 月 26 日—1885 年 5 月 22 日），法国作家，19 世纪前期积极浪漫主义文学的代表作家，人道主义的代表人物，法国文学史上卓越的资产阶级民主作家，被人们称为"法兰西的莎士比亚"。一生写过多部诗歌、小说、剧本、散文、文艺评论及政论文章，在法国及世界上有着广泛的影响力。

于是暗恋戴吕施特已久的年轻水手吉利亚特为了能得到她的爱情，孤身前往出事海域，历经千难万险，在海底战胜了章鱼，终于凭着大智大勇，打捞出汽船上的机器。

然而当他怀着喜悦的心情回到岛上，却发现心中的恋人已另有所爱。他只能将爱埋在心底，并帮助她和意中人喜结良缘。自己则坐在海中的礁石上，目送他俩乘船离去，最后被上涨的海潮渐渐淹没。

小马哥：

雨果的浪漫主义悲剧。

安子：

《海上劳工》歌颂了劳动者的勤劳、伟大、忠诚和善良。水手吉利亚特是一位出类拔萃的劳动者。他粗通文字，读过一些书，是个优秀的海员，曾在岛上的划船比赛中获得第一名。他还是出色的农技师、木匠、铁匠、修船匠，甚至还是卓越的机械师。

吉利亚特足智多谋，有办法"举起巨人才能举起的重量"，"做出只有巨人才能完成的奇迹"。吉利亚特就是善良的化身，他用自己的知识和技能造福邻里乡亲，把鱼送给穷苦人家，为大家义务治病，直至冒着生命危险，搭救失足落海的神甫。

而当吉利亚特发现他心爱的姑娘已与别人相爱时，他宁愿成全他们，而自己却默默地投入茫茫大海。

雨果将人类所能具有的一切崇高的美德都赋予了吉利亚特，表达了他对长期遭受社会歧视的穷苦人民深沉的爱，

《海上劳工》是雨果流亡海岛期间创作的一部重要小说，主要描写了主人公吉利亚特对船主勒蒂埃利的侄女戴吕施特深沉纯洁的爱，为抢救汽船的机器表现出的勇敢与才能，以及为了成全戴吕施特与她的心上人的婚姻而做出的自我牺牲，表现了主人公与偏见、迷信及自然力的英勇斗争，塑造了一个集"约伯与普罗米修斯"于一身的海上劳工形象。1918年，电影《海上劳工》上映。

寄托了远大的人道主义理想。

事实上，吉利亚特已经不再是一个下层劳动者的形象，而是被赋予崇高象征的伟大的劳动者的化身。

小马哥：

可以说《海上劳工》就是一曲劳动者的颂歌。

安子：

没错。在吉利亚特单枪匹马来到荒无人烟的海岛时，首先面临的就是生存的斗争。这个小岛其实只是两座险峻的礁石。他抛绳做梯，费了九牛二虎之力才找到了一块硬邦邦的石头作为栖身之所。风恶作剧地把他的食物吹落大海，他不得不挖贝壳充饥。吉利亚特最终的任务是从支离破碎的汽船上取下笨重的机器。吉利亚特孤身一人，借助简陋的工具，在极端困难的条件下，以"他的智慧做技术，意志做动力"，锻造了各种各样的工具。然后在两块礁石之间竖起了四台起重机，把机器吊到了帆船上。暴风雨骤然来袭，狂暴的海涛和阴险的岩石狼狈为奸，狡诈地打破了吉利亚特的小船，使他险些功亏一篑，但他凭着自己超人的意志，拯救自己和机器于危难之中，塑造出吉利亚特巨人般的形象。

吉利亚特"像我们每个人一样真实，但又要比我们伟大"。

吉利亚特"不是某一个人，而是人"。

《海上劳工》是一曲人类的颂歌。最值得称道的是，这部作品并没有把吉利亚特绝对地理想化，在海浪和石块打破他的小船后，在无可奈何的情况下，他曾向大自然表示屈服，求它开恩，赐自己一死，最后，失恋的吉利亚特被海水淹没。

但是，正因为有这些缺点，吉利亚特才真实，才可爱，才是有血有肉的真实的人，我们才会永远地记住我们的英雄吉利亚特。

摘录：生活好比旅行，理想是旅行的路线，失去了路线，只好停止前进。

一个有坚强心志的人，财产可以被人掠夺，勇气却不能被人剥夺。

命运有它的神秘的大权，它可以使用它的大棍子，打击我们的精神生活。

失望是心灵上的贫困。只有最伟大最坚强的意志，才能抵抗。

——《海上劳工》

第五部分　《密西西比河上》

小马哥：

说完《海上劳工》，我想到了另一部与水手和大海有关的作品——马克·吐温的《密西西比河上》。安子，给我们讲一讲这部作品吧，它也是以劳动者为主角的吧？

安子：

是的，《密西西比河上》，又名《密西西比河上的生活》，是美国作家马克·吐温的一本自传式游记。在这部小说里，重温了他当年在密西西比河上当水手的经历。书中这样描述："我爱这门职业，远甚于我后来所从事的任何职业。 在那个时代，一个掌舵者是世界上唯一不受拘束而完全独立的人物。"马克吐温在这部作品中，热情地赞美了大自然，赞美了劳动人民，满腔热忱地歌颂了劳功者的联盟——舵工协会。在小说里，船员们为了增加工资、改善劳动条件，破天荒地组织成一个战斗的集体，展开了对船主们的斗争，并取得了胜利。

马克·吐温借船长的口，说出了劳动者的抗争和胜利。船长斗不过船工们，只好服输："好吧，伙计们，你们总算一时胜利了，我心甘情愿地向你们服输。"

小马哥：

这是一本表现劳动者争取自己的正当权利的优秀小说。

馬克·吐温（1835年11月30日—1910年4月21日），原名萨缪尔·兰亨·克莱门，美国作家、演说家，"马克·吐温"是他的笔名，原是密西西比河水手使用的表示在航道上测量水的深度的术语。

马克·吐温12岁时，父亲去世，他只好辍学，到工厂当小工。他曾做过密西西比河的领航员、矿工及新闻记者工作。渐渐着手写一些有趣的小品，开始了自己的写作生涯。代表作品有小说《百万英镑》《哈克贝利·费恩历险记》《汤姆·索亚

安子：

是的，《密西西比河上》出版于19世纪80年代。当时正是美国工人运动的高涨时期，争取8小时工作制的示威游行此起彼伏，反对剥削、压迫和种族歧视的罢工运动风起云涌。

马克·吐温在小说中，对工会给予了热情的歌颂。1886年3月22日，在美国的"劳工骑士会"遭到资产阶级的围攻时，他挺身而出，在一次群众集会上慷慨激昂地发表了一篇题为"劳工骑士会——新的朝代"的演说。

马克·吐温对劳动者的赞美和对劳动者的支持，在他的作品中展现无遗。

马克·吐温说："当所有的泥瓦工人，所有的机械工人，所有的矿工，所有的铁工、印刷工人、码头工人、油漆工人、铁路司机，所有的女售货员，所有的女缝工，所有的接线生，一句话，所有身上蕴藏着你们叫作权力的那个东西的实体，而不是没有权力的劳苦大众——当这些人起来时，随你喜欢用什么骗人的名字来称呼这种伟大的局面，事实终会是：一个国家起来了。"

马克·吐温把工会的事业称为人类最正义的事业，而且坚信工会一定会成功。可见马克·吐温对劳动者坚决的拥护和推崇。

小说《密西西比河上》把美国工人阶级作为胜利者展现出来，可以说是美国文学史上伟大的创举。

另外需要说明的是，我这里选取的段落出自张友松翻译的《密西西比河上》。

历险记》等。

2006年，马克·吐温被美国的权威期刊《大西洋月刊》评为影响美国的100位人物，位列第16名。

马克·吐温是美国批判现实主义文学的奠基人，他一生写了大量作品，涉及小说、剧本、散文、诗歌等各种体裁。他的作品批判了不合理现象或人性的丑恶之处，表达了这位当过排字工人和水手的作家强烈的正义感和对普通人民的关心。

小马哥：

文学也是一种力量，当年《密西西比河上》的出版，对美国的劳动人民是一种极大的鼓舞。

安子：

《密西西比河上》一书的出版，给美国的"劳工骑士会"70万名会员和美国的广大劳动人民以极大的鼓舞。书中船员们组织工会与资本家进行斗争并取得胜利的那个动人故事被许多工会杂志转载。有一家重要的工会杂志称赞马克·吐温为"劳工运动争取公平待遇的斗争做出了有力的贡献"。小说对当时美国工人运动的发展起了重大的推动作用。

语录： 善良，是一和世界通用的语言，它可以使盲人感到，聋子闻到。

喜剧，就是悲剧加上时间。

紫罗兰把它的香气留在那踩扁了它的脚踝上，这就是宽恕。

人的思想是了不起的，只要专注于某一项事业，就一定会做出使自己感到吃惊的成绩来。

勇敢并非没有恐惧，而是克服恐惧，战胜恐惧。

一个人最危险的敌人是他自己的口舌。

——马克·吐温

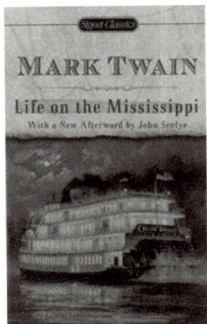

《密西西比河上》封面

NO.6
7.27

暑期各个大学
推荐书目

作品名	主角	作者
清华推荐书目		
《百年孤独》	布恩迪亚家族	加西亚·马尔克斯
《红楼梦》	四大家族	曹雪芹
北大推荐书目		
《飞鸟集》	325 首无标题小诗	泰戈尔
《复活》	聂赫留朵夫和喀秋莎·玛丝洛娃	托尔斯泰
哈佛推荐书目		
《居里夫人传》	居里夫人	艾芙·居里
《安妮日记》	安妮	安妮·弗兰克
香港中文大学推荐书目		
《红楼梦》	四大家族	曹雪芹
《时间简史》	宇宙	霍金
复旦大学推荐书目		
《百年孤独》	布恩迪亚家族	加西亚·马尔克斯
《白鲸》	亚哈船长和白鲸莫比·迪克	赫尔曼·麦尔维尔

导语

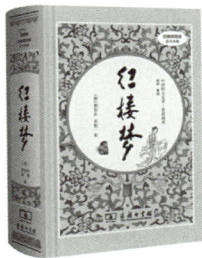

　　进入 7 月份，炎炎夏日的到来意味着暑假的开始。这么漫长的假期要怎么度过呢？可以阅读，可以玩乐，可以学很多平时没有时间学的技能……在暑假开始之际，"品味书香"开启了暑期阅读推荐好书专题节目，为你的暑假增添一些充实自己的选择。不管你是学生还是教师，不管你是工作还是休假，在这烈日炎炎的暑期里，请静下心来，和我们一起享受阅读的乐趣吧！

解读

小马哥：

在这个炎炎夏日，最好的休闲方式就是泡在书香里。那么这期节目。我们为大家推荐的，是五所著名大学的推荐书目，这5所大学分别是清华大学、北京大学、哈佛大学、香港中文大学和复旦大学。今天的嘉宾，还是我们的老朋友——作家安子。希望能够通过这期节目，带给听众朋友们夏日里清爽的书香。

来，安子，还是先和大家打个招呼。

安子：

大家好，我是安子，非常高兴又一次坐在"品味书香"的播音室里，和大家共享这个夏日的夜晚。

第一部分 清华推荐书目

小马哥：

安子，就让我们先从清华大学的推荐书目说起吧。

安子：

好的。我这里介绍给大家的清华大学的推荐书目，来自"清华大学推荐书目"列出的书单。这个书单里一共列了120种图书，共分中国文化名著、中国文学名著、世界文化名著、世界文学名著4类，每类30种。

我先简单介绍一下这个书单。在中国文化名著这个类别中，有我们大家熟悉的《论语》《老子》《四书集注》《孙子兵法》《墨子》《孟子》《庄子》《荀子》《韩非子》《礼记》《左传》《史记》《汉书》等著作。还有一些不是特别常见的著作，比如《清代学术概论》《中国建筑史》《乡土中国》《中国古代科学思想史》等著作。

在中国文学名著中，有大家都熟悉的《诗经》《楚辞》《世说新语》《唐诗三百首》《宋词选注》《中国古典四大名剧》，妇孺皆知的《三国演义》《水浒传》《红楼梦》更是名列其上，还有《古文观止》《儒林外史》《鲁迅选集》《骆驼祥子》《平凡的世界》等著名作品。

在世界文化名著中，不仅有大家熟悉的《沉思录》《理想国》《社会契约论》《共产党宣言》《资本论》《时间简史》，还有并非家喻户晓的《论自由意志》《政府论》

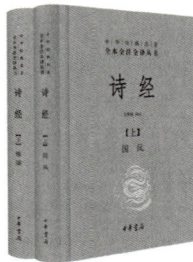

《论法的精神》《精神分析引论》《疯癫与文明》等。

最后，在世界文学名著这一类别中，列出了《荷马史诗》《变形记》《神曲》《哈姆雷特》《堂吉诃德》《傲慢与偏见》《浮士德》《高老头》《白鲸》《草叶集》《包法利夫人》《悲惨世界》《玩偶之家》《契诃夫小说选》等世界名著，当然也少不了《百年孤独》《静静的顿河》《泰戈尔诗选》《高尔基中短篇作品精选》《海明威短篇小说全集》等经典。

《百年孤独》

小马哥：

如果真的能够一本本认真读完清华大学的推荐书目，至少可以在书的世界里"会当凌绝顶，一览众山小"了。

安子，这么多书，能否给我们推荐两本，毕竟大家时间都有限，很难读完这么多的书。那么，你觉得哪两本最值得在这个暑假阅读呢？

安子：

要从这120本书里，选出两本书，真心不容易，都是值得认真研读的好书，都是可口的精神食粮。

如果非要选，我首推的是《百年孤独》，哥伦比亚作家加西亚·马尔克斯创作的这部堪称挑战人类文学极限的巨著。《百年孤独》是拉丁美洲魔幻现实主义文学的代表作，而加西亚·马尔克斯也是20世纪最有影响力的作家之一。他凭借《百年孤独》荣获1982年诺贝尔文学奖。

加夫列尔·加西亚·马尔克斯（1927年3月6日—2014年4月17日），哥伦比亚作家、记者和社会活动家，拉丁美洲魔幻现实主义文学的代表人物，20世纪最有影响力的作家之一，1982年诺贝尔文学奖得主。

作为一个天才的、赢得广泛赞誉的小说家，加西亚·马尔克斯将现实主义与幻想结合起来，创造了一部风云变幻的哥伦比亚和整个南美大陆的神话般的历史。代表作有《百年孤独》（1967年）、《霍乱时期的爱情》（1985年）等。1999年马尔克斯罹患淋巴癌，2012年患老年痴呆症。2014年4月17日，马尔克斯在墨西哥首都墨西哥城因病去世，享年87岁。

看过这部巨著的听众朋友们，也许还记得多年以后，奥雷连诺上校站在行刑队面前，想起父亲带他去参观冰块的那个遥远的下午。这个场景，在小说里重复出现，就这么短短一句，就包括了过去时、现在时、将来时。马尔克斯开创了一种新的叙述方式，让小说回归了叙述的本质。这对后来的文学创作影响很大，后来许多作家都效仿了这种叙述方式。

《百年孤独》用布恩迪亚家族七代人的传奇故事，以及加勒比海沿岸小镇马孔多的百年兴衰，反映了拉丁美洲一个世纪以来风云变幻的历史。这部小说庞大的结构和错综复杂的人物，令全世界的读者为之震撼、为之着迷。

小马哥：

安子，大家都说《百年孤独》这本书好，我们在前面的节目中也提到过这本书，不过有不少听众反映：这本书难读，特别是那么多人名，都是重复的，几代人一个名字，读来读去很容易混淆。我也读过这本书，那些一次次重复的人名的确让人有点头疼。

安子，和我们说说，如何读这本书，才更容易理解吧。

安子：

小马哥说的的确是普遍性问题，我曾经把这本书推荐给好几个朋友，有的就对我说，看一半就看不下去了。的确，这本书的人名太多、太长、重复性大，如果不仔细看、不仔细记忆，看着看着，就不记得这个人是谁了，以为这个人是那个人。不过如果仔细读完这本书，仔细理解，仔细记忆，就会发现，这就是这本书的奇妙所在，就像一个魔方，所有相同颜色的色块，看起来都一样，但是每一块是不同的，有不同的位置、不同的作用。只有每一块转到对的位置上，才能恢复整个魔方。

而且，在《百年孤独》这部巨著中，重复是主题之一。阿玛兰塔重复缝制殓衣，上校重复做小金鱼，17个儿子一个接一个地死去，隔了两代人重复出现的侄子爱上姑姑……在一个宏大的时代背景中，家族内部出现了太多重复的故事，而在时间的长河里，这些重复其实并不相同，一代又一代人，被家族性的诅咒束缚，这诅咒就是两个字——孤独。

这本书最好看的地方，就是魔幻现实主义。它的情节极具想象力。比如吃石灰的雷贝卡；全镇人都患上失眠症，白天站着也做梦；有关家族的神奇预言；无限繁殖的牲畜；双胞胎之间的通灵；会自己流动的血、无穷无尽的梦、纸牌预言；抓住床单升天的俏姑娘雷麦黛丝；同时死亡的双胞胎；下了4年11个月零2天的雨以及整整10年都不再下雨；家里的东西自己会跑动；长了猪尾巴的婴儿；整个马孔多被暴风卷走……

然而有意思的是，不管写到怎样荒诞的事情，加西亚·马尔克斯的叙述语气都非常平淡，让读者感受不到虚假和刻意，反而很真实，让读者觉得似乎一切在《百年孤独》里，都是理所当然的，这就是这本巨著的神奇魅力。

《百年孤独》，我反反复复看了好几遍，真的是膜拜，因为加西亚·马尔克斯所采用的多主线、多时空的叙述方式，太庞大，庞大到我恐怕写一辈子，都无可效仿。这本

摘录： 你和死亡好像隔着什么在看，没有什么感受，你的父母挡在你们中间，等到你的父母过世了，你才会直面这些东西，不然你看到的死亡是很抽象的，你不知道。亲戚、朋友、邻居、隔代，他们去世对你的压力不是那么直接，父母是隔在你和死亡之间的一道帘子，把你挡了一下，你最亲密的人会影响你的生死观。

即使以为自己的感情已经干涸得无法给予，也总会有一个时刻一样东西能拨动心灵深处的弦；我们毕竟不是生来就享受孤独的。

过去都是假的，回忆是一条没有归途的路，以往的一切春天都无法复原，即使最狂乱且坚韧的爱情，归根结底也不过是一种瞬息即逝的现实，唯有孤独永恒。

——《百年孤独》
（范晔译）

书主线很多，人物之间很少直接对话，几乎都是第三人称在讲故事。大量的人物交流，都压缩成描述句，就好像一个老人在跟你讲一个神话故事，而且加西亚·马尔克斯的魔幻主义创作，还有很多具体数字的描述，使得这些奇幻的事情看着更加真实可信。

比如奥雷里亚诺上校发动了 32 次武装起义，32 次失败。他跟 16 个女人生了 17 个儿子，这些儿子都在一个晚上接二连三地被杀死了，其中最大的不满 35 岁。他遭到过 14 次暗杀、72 次埋伏和 1 次枪决，但都幸免于难。

雨，下了 4 年 11 个月零 2 天。

在车站上被枪杀的人都在那些车厢里，3408 位。

比如菲兰达的那只旧箱子，是家里送她上学时给她的，还有 1 对竖着的大木箱、4 只大手提箱、1 只装阳伞的提包、8 个帽盒、1 个装了 50 只金丝雀的大笼子……

这些让读者读起来，充满了奇幻的真实感。

而且有趣的是，加西亚·马尔克斯在讲故事时，只讲发生了什么，而不解释为什么会发生这件事，不把时间浪费在逻辑上，所以不要去追究为什么谁谁谁爱上了谁谁谁，谁谁谁疯了，谁谁谁成了暴君……

《百年孤独》整本书，是一个庞大而宏观的历史，我想说，看这本书，没有捷径可走，也不能投机取巧，这是世界上最伟大的著作之一，要想读懂，读出乐趣，读出享受，就要静心、耐心、认真去读，认真去记忆，认真去品味。就像爬山，你想"会当凌绝顶，一览众山小"，就要一步步爬上去，没有通往山顶的缆车可以坐。

摘录： 生命中曾经有过的所有灿烂，原来终究，都需要用寂寞来偿还。

这个家庭的历史是一架周而复始无法停息的机器，是一个转动着的轮子，这只齿轮，要不是轴会逐渐不可避免地磨损的话，会永远旋转下去。

——《百年孤独》
（范晔译）

《红楼梦》

小马哥：

说完《百年孤独》，安子，从清华大学的推荐书目里，你选出的、推荐给大家的第二本是什么书呢？

安子：

第二本，我推荐《红楼梦》。

《红楼梦》是中国文学的瑰宝。《中国大百科全书》评价说，《红楼梦》的价值怎么估计都不为过；《大英百科》评价说，《红楼梦》的价值等于整个的欧洲。

有评论家说，几千年中国文学史，假如我们只有一部《红楼梦》，它的光辉也足以照亮古今中外。《红楼梦》之所以伟大，首先是在结构的伟大上，曹雪芹在精妙的布局和秩序下，塑造了人物群像，在看似庞杂的故事中，事无巨细，分明清晰地娓娓道来。

毛泽东主席说：他至少读了五遍《红楼梦》，是把它当历史读的。开头当故事读，后来当历史读。《红楼梦》里有四大家族："贾不假，白玉为堂金作马；阿房宫，三百里，住不下金陵一个史；东海缺少白玉床，龙王来请金陵王；丰年好大雪（薛），珍珠如土金如铁。"《红楼梦》写四大家族，统治者二十几人，300多个人物，社会各个阶层都淋漓尽致地展现开来，是一幅社会历史长卷。

鲁迅评价说："《红楼梦》是中国许多人都知道的，全书所写，虽不外悲喜之情、聚散之迹，而人物事故，则摆脱旧套，与在先之人情小说甚不同。……盖叙述皆存真，

《红楼梦》，中国古代章回体长篇小说，又名《石头记》《金玉缘》，被列为中国古典四大名著之首，一般认为是清代作家曹雪芹所著。小说以贾、史、王、薛四大家族的兴衰为背景，以富贵公子贾宝玉为视角，描绘了一批举止见识出于须眉之上的闺阁佳人们的人生百态。

闻见悉所亲历，正因写实，转成新鲜。"

　　《红楼梦》看起来是言情小说，实则是一部大百科全书，就像《红楼梦》第五回中的一副对联所写："世事洞明皆学问，人情练达即文章。"

　　亲爱的听众朋友们，不管你有没有读过《红楼梦》，这个暑假，将《红楼梦》好好读一遍，哪怕是第五次、第六次重读，都不为过。

　　《红楼梦》是一部具有世界影响力的言情小说，举世公认的中国古典小说巅峰之作，中国封建社会的百科全书，传统文化的集大成者。小说以"大旨谈情，实录其事"自勉，按迹循踪，摆脱旧套，新鲜别致，取得了非凡的艺术成就。

第二部分 北大推荐书目

小马哥：

好，安子，前面咱们给大家介绍了清华大学推荐书目，下面，我们说说北京大学推荐书目吧。

安子：

好的。北京大学曾经联合校内外的季羡林、钱理群、谢冕、厉以宁等 50 多位著名教授，共同向北大学生推荐了应读书目 30 种、选读书目 30 种。

这 30 种应读书目包括《周易》《诗经》《老子》《论语》《孙子兵法》《孟子》《庄子》《史记》《古文观止》《唐诗三百首》《宋词三百首》《红楼梦》《鲁迅选集》《中国哲学史》《理想国》《神曲》《哈姆雷特》《思想录》《社会契约论》《约翰·克利斯朵夫》《科学史》《共产党宣言》《资本论》《毛泽东选集》《邓小平文选》等。

30 种选读书目包括《礼记》《荀子》《左传》《韩非子》《论衡》《三国志》《世说新语》《文心雕龙》《李太白集》《资治通鉴》《儒林外史》《人间词话》《中国哲学大纲》《圣经》《国富论》《复活》《物种起源》《飞鸟集》《精神分析引论》《西方哲学史》等。

小马哥：

看起来，清华大学和北京大学的推荐书目，有很多书

是一样的。

安子：

是啊，好书共享之，经典就是经典，像《诗经》《老子》《论语》《孙子兵法》《孟子》《庄子》《史记》《古文观止》《唐诗三百首》《宋词三百首》《红楼梦》等，都是一致推荐的。

《飞鸟集》

小马哥：

那么，安子，你也从北京大学的推荐书目里，给我们的听众朋友们选两本书吧。

安子：

好的。清华大学的推荐书目和北京大学的推荐书目还是有些区别的，比如《复活》，就没有被清华大学列为推荐书目，再比如《飞鸟集》，不过清华大学的推荐书目也有《泰戈尔诗选》。如果要从北京大学推荐书目里选两本书，那么我就选泰戈尔的《飞鸟集》和托尔斯泰的《复活》。

《飞鸟集》是印度诗人泰戈尔创作的诗集，目前在我国传播最广泛的译本就是郑振铎翻译的版本。泰戈尔是印度诗人、作家、艺术家和社会活动家。泰戈尔于 1913 年获得诺贝尔文学奖。《飞鸟集》是我国最早介绍和翻译的泰戈尔诗集之一，包括 325 首清丽的无标题小诗。这些诗的基本题材多为极其常见的事物，比如小草、落叶、飞鸟、

拉宾德拉纳特·泰戈尔(1861—1941)，印度诗人、文学家、社会活动家、哲学家和印度民族主义者。代表作有《飞鸟集》《眼口沙》《四个人》《园丁集》《新月集》《戈拉》《文明的危机》等。

1861 年 5 月 7 日，拉宾德拉纳特·泰戈尔出生于印度加尔各答一个富有的贵族家庭，13 岁即能创作长诗和颂歌体诗集。1878 年赴英国留学，1880 年回国专门从事文学活动。1884—1911年担任梵社秘书，20 世纪 20 年代创办国际大学。1913年，他以《吉檀迦利》成为第一位获

星辰、河流等。

　　大家熟知的有"生如夏花之绚烂，死如秋叶之静美"。"当你为错过太阳而哭泣的时候，你也要再错过群星了"。"鸟翼系上了黄金，这鸟儿便永远不能再在天上翱翔了"。"我们热爱这个世界时，才真正活在这个世界上"。

　　还有：

　　鱼对水说："你看不见我的眼泪，因为我在水中。"

　　水对鱼说："我能感觉到你的眼泪，因为你在我心中。"

　　还有：

　　"世界上最远的距离，不是生与死的距离，而是我站在你面前，你却不知道我爱你。"

　　很多句子大家都熟悉，这些短小的诗句，在世界各地被译为多种文字版本，将爱与美、哲理与和谐、生命和生机传颂。

　　我之所以推荐《飞鸟集》，不仅仅是因为它的隽永和优美，更多的是因为它的每句话，都有"一花一世界，一叶一菩提"的深意。认真地阅读和背诵《飞鸟集》，跟随泰戈尔一起感受自然的魅力和宇宙万物的深意，能够体悟到世间万物赋予我们无尽的快乐和无穷的勇气。

　　小马哥，来，给我们读几句泰戈尔的《飞鸟集》中的诗句吧！

小马哥：

　　好，那就读一读大家最熟悉的那首《鱼和水的爱恋》吧。

得诺贝尔文学奖的亚洲人。1941年，泰戈尔写作控诉英国殖民统治和相信祖国必将获得独立解放的遗言《文明的危机》。

语录：尘土受到损辱，却以她的花朵来报答。

当我们是大为谦卑的时候，便是我们最近于伟大的时候。

你看不见你的真相，你所看见的是你的影子。

我们把世界看错了，反说它欺骗我们。

夜把花悄悄地开放了，却让白日去领受谢词。

　　——泰戈尔

　　列夫·尼古拉耶维奇·托尔斯泰（1828年9月9日—1910年11月20日），19世纪中期俄国批判现实主义作家、思想家、哲学家，代表作有《战争与和平》《安娜·卡列尼娜》《复活》等。

　　托尔斯泰出身于贵族家庭，1840年入喀山大学。1847年退学回故乡，在自己领地上做改革农奴制的尝试。1851—1854年在高加索军队中服役并开始写作。1854—1855年参加克里米亚战争。1855年11月到彼得堡进入文学界。1863—1869年创作了长篇历史小说《战争与和平》。1873—1877年，经12次修改，完成其第二部里程碑式巨著《安娜·卡列尼娜》。

　　鱼对水说："你看不见我的眼泪，因为我在水中。"

　　水对鱼说："我能感觉到你的眼泪，因为你在我心中。"

　　我不是鱼，你也不是水。你能看见我寂寞的眼泪吗？

　　鱼对水说："我永远不会离开你，因为离开你，我无法生存。"

　　水对鱼说："我知道，可是如果你的心不在呢？"

　　我不是鱼，你也不是水。我不离开你是因为我爱你。

　　可是，你的心里有我吗？

　　鱼对水说："我很寂寞，因为我只能待在水中。"

　　水对鱼说："我知道，因为我的心里装着你的寂寞。"

　　我不是鱼，你也不是水。我寂寞是因为我思念你。

　　可是，远方的你能感受到吗？

《复活》

安子：

　　再说说《复活》，在前面的节目中，我们介绍过《复活》，这里简单介绍一下。

　　《复活》是托尔斯泰晚年的代表作，题材来自真实的案件。贵族青年聂赫留朵夫引诱姑母家的养女——农家姑娘喀秋莎·玛丝洛娃，使她怀孕并被赶出家门，最终导致她沦为妓女；而当玛丝洛娃被诬为谋财害命而接受审判时，聂赫留朵夫又以陪审员的身份，出席法庭审判她。这看似巧合的事件，在当时的社会却有典型意义。

　　男主人公聂赫留朵夫以陪审员的身份出庭后，见到从前被他引诱的女人，良心深受谴责。他为她奔走申冤，并请求同她结婚，以赎自己当年的罪过。在上诉失败后，聂赫留朵夫又陪玛丝洛娃流放西伯利亚。聂赫留朵夫的行为感动了玛丝洛娃，于是她重新爱上了他。但为了不损害聂赫留朵夫的名誉和地位，她最终没有和他结婚。

　　长篇小说《复活》一方面表现了作者晚年作品的代表性主题——精神觉醒和离家出走，另一方面借聂赫留朵夫的经历和见闻，展示了从城市到农村的社会阴暗面，对政府、法庭、监狱、教会、土地私有制和资本主义制度进行了深刻的批判。

19 世纪 70 年代末，托尔斯泰的世界观发生巨变，写成《忏悔录》(1879—1882)。托尔斯泰晚年力求过简朴的平民生活，1910年 10 月从家中出走，11 月病逝于一个小站，享年82 岁。

语录：如果爱一个人，那就爱整个的他，实事求是地照他本来的面目去爱他，而不是脱离实际希望他这样那样的……

　　人好比河流，所有河里的水都一样，到处的水都一样，可是每一条河里的水都是有的地方狭窄，有的地方宽阔，有的地方湍急，有的地方平坦。每一个人都具有各种各样的本性的胚芽，有的时候表现出这样的本性，有时候表现出那样的本性，有时变得面目全非，其实还是原来那个人。
　　——托尔斯泰《复活》（汝龙 译）

第三部分 哈佛推荐书目

小马哥：

　　安子，前面我们说了清华大学和北京大学的推荐书目，下面，我们说一说世界著名的哈佛大学的推荐书目，这就一定和中国大学的推荐书目有很多不同了吧?

安子：

　　是的。哈佛大学的 113 名教授现身说法，介绍了对他们的思想、事业和生活产生过重大影响的书，出版了一本《哈佛大学有影响的书籍指南》。在这本书里，广泛地推荐了各个类别的经典书籍。

　　我这里先简单说一说哈佛大学推荐书目中的一些书。

　　在哈佛大学的推荐书目里，有西方伦理学的开山之作《尼各马可伦理学》；有被美国小说家海明威称颂为"我们所有的书中最好的一本书"的《哈克贝利·费恩历险记》，有古印度史诗《薄伽梵歌》；还有量子力学奠基人埃尔温·薛定谔的著作《生命是什么》，这本书是 20 世纪最伟大的科学经典之一，作者在书中致力于将生物学与量子力学协调起来。

　　还有达尔文的《物种起源》，罗素的《哲学问题》，维特根斯坦的《哲学研究》，卢梭的《忏悔录》，康德的《纯粹理性批判》和《实践理性批判》；当然也少不了弗洛伊德的《精神分析引论》《梦的解析》，黑格尔的《精神现

　　哈佛大学坐落于美国马萨诸塞州剑桥市，是一所享誉世界的私立研究型大学，是著名的常春藤盟校成员。这里走出了 8 位美利坚合众国总统，上百位诺贝尔奖获得者曾在此工作、学习，在文学、医学、法学、商学等多个领域拥有崇高的学术地位及广泛的影响力，被公认为是当今世界顶尖的高等教育机构之一。

　　哈佛是美国本土历史最悠久的高等学府，诞生于 1636 年，最早由马萨诸塞州殖民地立法机关创建，初名新市民学院，于 1639 年 3 月更名为哈佛学院。1780 年，哈佛学院正式改称

象学》以及《尼采全集》。

除此之外，还有一些中国读者并不广泛熟悉的，比如《基督教的本质》《实验医学研究导论》《人有人的用处》《艺术即经验》《伯罗奔尼撒战争史》《地中海与菲利普二世时代的地中海世界》《高卢战记》《伊利亚特》等作品。

还有《居里夫人传》《林肯传》《欧洲文明史》《君主论》《论自由》《意识形态与乌托邦》《社会契约论》《论美国的民主》《通过法律的社会控制》《社会科学方法论》等。

当然，也少不了《安妮日记》《大卫·科波菲尔》《红与黑》《简·爱》《绿野仙踪》《马克·吐温短篇小说选》《罗密欧与朱丽叶》《李尔王》《麦克白》《双城记》《汤姆·索亚历险记》《了不起的盖茨比》《名利场》等世界著名文学作品。

最值得一提的是，在哈佛大学推荐书目中，还有中国的《老子今注今译》，而且在推荐理由中，这本书被誉为"万经之王"。

《居里夫人传》和《安妮日记》

小马哥：

安子，也挑两本推荐给我们的听众朋友们吧。

安子：

好的。相对而言，我觉得比较适合我们在暑期轻松阅读的，当属《居里夫人传》和《安妮日记》。

哈佛大学。

2017—2018年，哈佛大学在世界大学中排名第一。2017年6月，《泰晤士高等教育》公布世界大学声誉排名，哈佛大学排名世界第一。

安妮本出生在一个富有的德籍犹太人家庭，为了躲避纳粹党的残害而移居荷兰。不久，纳粹党占领了荷兰，便开始四处搜捕居住在荷兰的犹太人。安妮的姐姐玛格收到拘捕的传票，因此安妮一家便提前开始了秘密小屋的生活。

在秘密小屋里,他们有严格的作息时间,白天不能随意活动,以免被工厂里工作的人发现。只有在晚上所有人都离开后,他们才能放心地自由活动。也只有在这时,安妮才能隔着窗帘看看外面的世界。他们失去了自由,只能躲在狭小的房间里。这一切都反映了躲避起来的犹太人紧张不安的心理与他们凄苦的逃亡生活。然而由于他人告密,秘密小屋中的所有人均被抓进集中营,日记至此中断了。

居里夫人因为对于放射性元素的研究,获得了诺贝尔物理学奖和诺贝尔化学奖。《居里夫人传》讲述了这位影响了世界进程的伟大女性不平凡的一生。居里夫人的品质、她的工作精神、她的处事态度、她的崇高品格,都是后世学习的榜样。

再说说《安妮日记》。《安妮日记》的作者安妮·弗兰克,是生于德国法兰克福的犹太女孩,"二战"犹太人大屠杀中著名的受害者之一。1999 年,安妮入选《时代杂志》"20 世纪全世界最具影响力的 100 个人",一颗编号为 5535 的小行星,就以安妮的名字命名为"5535 Annefrank"。

安妮用 13 岁的生日礼物——一个日记本,记录了从 1942 年 6 月 12 日到 1944 年 8 月 1 日的人生亲历。在这两年多的日记里,安妮写了与母亲发生的冲突,对成长的困惑,以及"二战"中充满恐怖的 25 个月的密室生活。《安妮日记》是德军占领时期,人民苦难生活的最真实的目击报道。安妮一家被捕后,日记被人发现并保存下来。"二战"之后,安妮的父亲奥托·弗兰克决定完成女儿的夙愿,将日记出版问世。这是一部让人悲伤的日记,13 岁的犹太少女,用她的血和泪,书写了真实的历史。

第四部分 香港中文大学推荐书目

《红楼梦》和《时间简史》

小马哥：

安子，我们的节目已经到了后半部分，来，再给我们简要介绍两所著名大学的推荐书目吧。

安子：

好。再说说香港中文大学的推荐书目，因为历史背景的一些差异，香港中文大学和清华北大的推荐书目还是有很大区别的。

香港中文大学的推荐书目，有龙应台的《人在欧洲》，日本记者吉田实的《三十五年的新闻追踪：一个日本记者眼中的中国》，还有《大汗之国：西方眼中的中国》《中国大历史》《中国文化要义》《中国美术史百题》《生命的奋进》等。还有像《小王子》《生命中不能承受之轻》《红楼梦》《干校六记》《围城》《倾城之恋》等国内外文学名著。

此外，还有《时间简史》《朱元璋传》《凡·高传》《老虎·伍兹传奇》《沈从文自传》《李光耀回忆录》《见证香港五十年》《林语堂传》《胡雪岩》《少年凯歌》等作品。

说了这么多，我还是推荐两本。

其中一本，就是前面推荐过的，在清华大学推荐的书

斯蒂芬·威廉·霍金（1942年1月8日—2018年3月14日），英国著名物理学家和宇宙学家。肌萎缩性侧索硬化症患者，全身瘫痪，不能发音。霍金是继牛顿和爱因斯坦之后最杰出的物理学家之一，被世人誉为"宇宙之王"。2017年4月，霍金接受采访时表示，他比以前更加坚定地认为人类应该在2117年之前离开地球。

2018年3月14日，斯蒂芬·霍金去世，享年76岁。2018年10月16日，斯蒂芬·霍金遗作《对大问题的简明回答》出版。

目里已经介绍过的《红楼梦》。

还有一本，就是霍金的《时间简史》。《时间简史》是科学著作，讲的全都是关于宇宙本性的最前沿知识，包括我们的宇宙图像、空间和时间、膨胀的宇宙、不确定性原理、黑洞、宇宙的起源和命运等。这本书深入浅出，我觉得特别值得一读，这能帮助我们对于时间、宇宙、力学的理解，都有全新和深入的诠释。比如，关于时间的起点，书中的解释就是宇宙大爆炸；而时间的终结，就是黑洞。

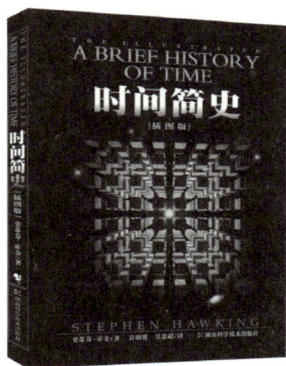

第五部分 复旦大学推荐书目

《百年孤独》和《白鲸》

小马哥：

最后，安子，给我们介绍哪所大学的推荐书目呢？

安子：

最后，咱们说一说复旦大学的推荐书目。

复旦大学的推荐书目，一共有 30 部文学作品、50 部社科作品。文学作品有《诗经》《史记》《唐宋词选》《古文观止》《儒林外史》《雷雨》《边城》《平凡的世界》《尘埃落定》《百年孤独》《飘》《奥德赛》《神曲》《傲慢与偏见》《悲惨世界》《包法利夫人》《约翰·克利斯朵夫》《忏悔录》《草叶集》《白鲸》《喧哗与骚动》《雪国》《安娜·卡列尼娜》《罪与罚》等。

社科作品有《中国哲学简史》《周易译注》《老子新译》《庄子今注今译》《孟子选译》《荀子选》《韩非子选注》《邓小平文选》《毛泽东选集》《西方文明史》《理想国》《形而上学》《国富论》《实践理性批判》《精神分析引论》《伦理学》《战争论》《经济学原理》《科学与人类行为》《后工业社会的来临》《第二性》等。

这里，我除了推荐在清华大学推荐书目中详细介绍的《百年孤独》，再推荐一本，那就是小说《白鲸》。

赫尔曼·麦尔维尔，美国文学史上最杰出的浪漫主义小说家之一，《白鲸》是他的代表作。

《白鲸》主要塑造的人物形象是捕鲸船"裴廊德"号的船长亚哈。亚哈身材高大，脸上有疤，在一次捕鲸过程中，被白鲸莫比·迪克咬掉了一条腿。亚哈这个典型形象的象征意义在于：通过这个形象显现美国人民朝气蓬勃的奋斗冒险和战胜一切困难的大无畏精神，也形象地揭示了美国 19 世纪末 20 世纪初浪漫主义运动的追求——寻求并表现理想。亚哈为了复仇，一心追捕白鲸莫比·迪克，

《白鲸》是 19 世纪美国小说家赫尔曼·麦尔维尔创作的一部海洋题材的长篇小说，小说描写了亚哈船长为了追逐并杀死白鲸莫比·迪克，最终与白鲸同归于尽的故事。故事营造了一种让人置身海上航行，随时遭遇各种危险甚至是死亡的氛围，1956 年 6 月 27 日发行的电影《白鲸记》，就改编自这篇小说。相信在炎炎的夏日，阅读《白鲸》，能给你更多清凉的感受和生活的动力。

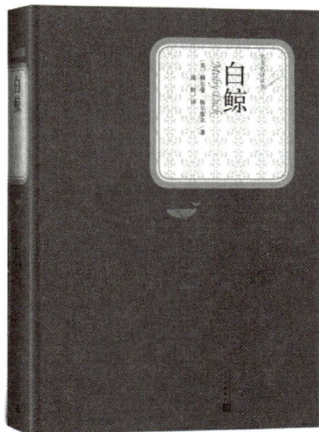

他的船辗转世界各地，终于遇到莫比·迪克。经过三天的追踪，亚哈用鱼叉击中了白鲸，但船却被白鲸撞破，最后亚哈被鱼叉上的绳子缠住，落入海中。亚哈的命运最终是个悲剧，全船人落海，只有水手以实玛利（《圣经》中人名，意为被遗弃的人）一人得救，向人们讲述了这个故事。

小说在刻画亚哈船长时，赋予亚哈船长矛盾的性格。亚哈船长为了报仇，如一头发疯的狮子一样失去了理智。他自私、残忍，同时也具有坚强不屈、不向困难低头的优秀品质。

NO.7
8.17

解读经典爱情，
品味书香七夕

作品

作品名	主角	作者
《荆棘鸟》	少女梅吉和神父拉尔夫	考琳·麦卡洛
《傲慢与偏见》	小乡绅班纳特一家等	简·奥斯汀
《呼啸山庄》	凯瑟琳和希斯克利夫等	艾米莉·勃朗特
《红楼梦》	贾宝玉和林黛玉、薛宝钗等	曹雪芹
《霍乱时期的爱情》	阿里萨和费尔米纳	加西亚·马尔克斯

导语

　　今天是农历七月初七，牛郎织女相会的日子，中国的情人节。在这个充满激情的夜晚，让我们跟随经典爱情小说，在书香中品味七夕，去看一看文学作品中的爱恨纠葛。在文学作品中，爱情是永恒的主题；在现实生活中，每个人都会感受到爱情，希望通过我们的解读，能够给这个夏末增添一丝清凉、一丝惬意。

诗句：

纤云弄巧，
飞星传恨，
银汉迢迢暗度。
金风玉露一相逢，
便胜却人间无数。
柔情似水，
佳期如梦，
忍顾鹊桥归路。
两情若是久长时，
又岂在朝朝暮暮。
——（宋）秦观
《鹊桥仙》

解读

第一部分 《荆棘鸟》

小马哥：

这个夜晚，有很多恋爱中的人在感受爱情的甜蜜和幸福，也有很多单身的人在期盼真爱的降临，也一定还有一些人在回忆曾经的爱情。那么，在这样一个传统的节日七夕，让我们一起来解读经典爱情小说，一起来感受名著中的爱恨纠葛。

今天我们请来的，还是我们的老朋友——作家安子。来，安子，先跟大家打个招呼吧。

安子：

听众朋友们好，小马哥好，又见面了，今天能够和大家聊一聊爱情，聊一聊经典名著中的爱恨纠葛，我的内心充满了激情。

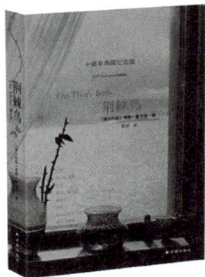

考琳·麦卡洛，澳大利亚当代著名作家。1937年6月1日生于澳大利亚新南威尔士州的惠灵顿。起初是一名品学兼优的医科学生，不甘心一辈子做医生和研究，从小喜欢看书的她尝试写作。她的第一部小说是1974年出版的《Tim》。

1977年，考琳·麦卡洛利用业余时间创作的《荆棘鸟》出版，小说甫一问世，长列《纽约时报》畅销书排行榜59周，并很快在全球畅销3000万册。考琳·麦卡洛这部时间跨度从1915年至1969年的澳大利亚家族小说，有关梦想、挣扎、郁

小马哥：

安子，今天我们专题介绍经典爱情作品。当然，之前我们做过的一些专题，也涉及一些以爱情为主题的小说，比如《乱世佳人》《复活》《安娜·卡列尼娜》。那么今天，安子，你打算跟大家说说哪几部经典爱情作品呢？

安子：

在很多世界名著中，都有关于爱情的片段，以爱情为主题的作品也有很多。今天我们就以澳大利亚当代女作家考琳·麦卡洛的《荆棘鸟》，英国著名小说家简·奥斯汀的《傲慢与偏见》，著名的勃朗特三姐妹之一的英国著名作家艾米莉·勃朗特的《呼啸山庄》，还有在中国家喻户晓的清代著名作家曹雪芹的《红楼梦》，以及著名的哥伦比亚作家加西亚·马尔克斯的《霍乱时期的爱情》这五本书为代表，和大家一起来分享经典的爱情故事。

小马哥：

这五部都是非常经典的作品，那我们就从《荆棘鸟》说起吧。

安子：

好的。澳大利亚女作家考琳·麦卡洛的《荆棘鸟》出版于1977年，这本小说堪称澳大利亚版的《飘》。小说情节生动曲折，结构严密精巧，文字干净细腻，尤其在描写广漠的澳大利亚的风景时，颇有苍凉悲壮之美。

这本书讲述的是少女梅吉和神父拉尔夫之间，横亘数

十年的倾世爱情。这本书取名《荆棘鸟》，和中国四大名著中的《红楼梦》的另名《石头记》，有异曲同工之处，两者连开头也有相似之处。《荆棘鸟》的开头，说的是传说西方有那么一种鸟儿，叫荆棘鸟，它生下来就不会叫，而终其一生，只唱一次。荆棘鸟从离开巢穴的那一刻起，就在寻找荆棘树。找到荆棘树后，把自己的身体扎进最长、最尖的棘刺上，然后就站在荆棘树上放声歌唱。那是森林里最好听的歌，然而当这首歌唱完的时候，荆棘鸟也就死去了。

梅吉一家最初住在新西兰，她父亲以替别人家剪羊毛为生，后来他们接到姑母从澳大利亚寄来的信。姑母年事已高，准备让他们去继承遗产。于是梅吉一家来到了澳大利亚的德罗海达。梅吉的到来，引起马上 30 岁的天主教教士拉尔夫的注意。梅吉和拉尔夫结下了深厚的友谊，然而梅吉的姑母，也就是当地最富有的孀妇，看到神父拉尔夫喜欢梅吉，非常不满。后来，梅吉 17 岁时，姑母去世。她在临死前交给拉尔夫神父一封信，让他发誓在她被埋葬后再拆开。原来，梅吉的姑母比人们想象得还要富有。她在信里宣称，她原本立有遗嘱，将全部财产 1300 万英镑留给梅吉一家，但现在她改变了主意。她把财产献给天主教会，这是由于拉尔夫出色的工作，这笔财产将永远由拉尔夫管理、支配；梅吉一家可以住在德罗海达，但工资由拉尔夫决定。

如果拉尔夫将这封信投入火中烧毁，梅吉一家就可以继承全部遗产，然而拉尔夫却动了私心，如果他将这些财产如信中所说，捐给教会，那么他就会受到教会的重视并

积于胸的热望和禁爱的家世传奇故事吸引了一代代读者，被誉为澳大利亚的《飘》。包括《荆棘鸟》在内，考琳·麦卡洛一共写了 25 部小说，还创作传记，写散文、杂文，甚至写音乐剧。

2015 年 1 月 29 日，考琳·麦卡洛因肾衰竭在澳大利亚诺福克岛的医院去世，享年 77 岁。

《荆棘鸟》的主题是爱和命运。它讲述的是克利里家族传奇式的家族史。故事开始于20世纪初叶，结束于半个多世纪以后的60年代末70年代初。从帕迪·克利里应无儿无女的老姐姐贵妇人玛丽·卡森之召，携妻子菲奥娜和七个子女从新西兰迁居澳大利亚的德罗海达牧羊场，到帕迪唯一幸存的孙辈、才华横溢的演员朱丝婷在遥远的异国他乡确定了自己的人生道路和爱情归宿，讲述了克利里家三代人的情节经历和情感历程，其中最主要的是梅吉与拉尔夫神父之间那场刻骨铭心的爱情。

获得晋升。最终，拉尔夫向自己的野心投降，公布了这封信，也离开了德罗海达，离开了梅吉。

梅吉一家则搬入姑母原来居住的大宅子，作为德罗海达牧场的代管人长久地居住了下来。当然拉尔夫给他们的工资非常高，足够他们过得非常舒适。后来，梅吉的哥哥弗兰克入狱，爸爸和另一个哥哥在风暴中死去。拉尔夫神父赶回来，埋藏了死者，同时告诉梅吉，虽然自己非常爱她，但他永远也不可能和她结为夫妻。

后来，拉尔夫升任主教。而梅吉则和家里新雇的剪毛工卢克结婚，因为卢克的相貌酷似拉尔夫神父。当然，卢克并不爱梅吉，他爱的只是梅吉家的钱。卢克心里并没有梅吉，甚至在梅吉生第一个孩子——女儿朱丝婷的时候，拒绝回来看梅吉母女。然而拉尔夫却回到了梅吉身边，他对梅吉的感情始终不渝。这份情感时时让他感到痛苦，他终于控制不住他的感情，带着梅吉来到一个孤岛，一起度过了彼此一生中最幸福的时光。

后来，为了更重要的教会职务，拉尔夫离开梅吉，而梅吉已经怀上了他的孩子。梅吉并没有告诉拉尔夫，她决定离开卢克，重新回到德罗海达，与母亲住在一起。她生下了拉尔夫的孩子，取名戴恩。

梅吉和母亲、女儿、儿子在德罗海达平静地生活。梅吉的女儿朱丝婷和儿子戴恩一天天长大，梅吉将全部的情感寄托在儿子戴恩身上。从戴恩身上，她看到了拉尔夫的影子。

后来"二战"爆发，已经晋升为红衣主教的拉尔夫，在战争中保全了罗马，受到人们的赞誉。然而在他的内心深处，梅吉是他永远的牵挂。

后来梅吉的女儿朱丝婷当了演员，嫁给了德国的一位内阁大臣。而梅吉的儿子戴恩却提出要当教士，梅吉把戴恩送到罗马的神学院，让拉尔夫照顾他。

拉尔夫和戴恩相处融洽，但好景不长，26岁的戴恩在希腊的海滩度假时救人，在被救者上岸之后，突发心力衰竭而死。直到此时，梅吉才告诉拉尔夫，戴恩是他的儿子。拉尔夫伤心欲绝，回到庄园为儿子举行葬礼，不久拉尔夫也死去了。梅吉最后孤独一人，过完了一生。

小马哥：

这是一个悲剧故事，女主人公梅吉，爱上了一个将身体和灵魂都献给了上帝的人，一个以成为红衣主教为人生追求的人。然而，不管是多么有野心的人，都有爱，都有情，所以这段爱情故事，追随梅吉和拉尔夫一生，让他们一生不能分离。

语录：鸟儿胸前带着荆棘，它遵循着一个不可改变的法则。她被不知其名的东西刺穿身体，被驱赶着、歌唱着死去。在那荆棘刺进的一瞬，她没有意识到死之将临。她只是唱着、唱着，直到生命耗尽，再也唱不出一个音符。但是，当我们把荆棘扎进胸膛时，我们是知道的，我们是完全明白的。然而，我们却依然要这样做，我们依然把棘刺扎进胸膛。

——《荆棘鸟》
（曾胡 译）

第二部分 《傲慢与偏见》

小马哥：

> 下面，安子，我们说一部轻松一些的经典爱情小说吧。

安子：

> 那我们就说说简·奥斯汀的《傲慢与偏见》吧。《傲慢与偏见》在 2005 年被拍成电影在英国上映，后来获得了第 78 届奥斯卡金像奖。《傲慢与偏见》喜剧色彩比较浓，非常好读，没有那么苦大仇深，其中的爱情相对也轻松愉快很多。
>
> 简·奥斯汀 21 岁时完成她的第一部小说，题名为《最初的印象》。她与出版商联系出版，没有结果。就在这一年，她又开始写《埃莉诺与玛丽安》，以后又写《诺桑觉寺》，于 1799 年写完。十几年后，《最初的印象》经过改写，换名为《傲慢与偏见》；《埃莉诺与玛丽安》经过改写，换名为《理智与情感》，分别得以出版。
>
> 《傲慢与偏见》围绕 18 世纪末到 19 世纪初，英国的小乡绅班纳特一家展开。班纳特家有五个待字闺中的千金，班纳特太太整天操心着为女儿物色如意郎君。新来的邻居宾利是个有钱的单身汉，在一次舞会上，宾利对班纳特家的大女儿简一见钟情，这让班纳特太太欣喜若狂。
>
> 参加舞会的还有宾利的好友达西。达西仪表堂堂、非常富有，许多姑娘都向他抛出了橄榄枝，但达西非常骄

简·奥斯汀（1775 年 12 月 16 日—1817 年 7 月 18 日）。英国女小说家，三要作品有《傲慢与偏见》《理智与情感》等。

傲，认为她们都不配做他的舞伴，其中也包括班纳特家的姑娘——简的妹妹伊丽莎白。而伊丽莎白却和别的姑娘不一样，她自尊心极强，不愿理睬傲慢的达西。可是不久，达西却对活泼可爱的伊丽莎白产生了好感，甚至在一次舞会上主动请她跳舞，不想却遭到伊丽莎白的拒绝，这令达西狼狈不堪。

而宾利的妹妹卡罗琳，却一心追求达西，她发现达西有意于伊丽莎白，妒火中烧，决意从中阻挠。而遭到伊丽莎白冷遇的达西，也鄙视班纳特太太及其小女儿莉迪亚的粗俗。于是卡罗琳和达西一起劝说宾利不要和班纳特家的大女儿简来往，于是宾利不辞而别，去了伦敦，然而简对他还是一片深情。

班纳特没有儿子，他的家产将由远亲柯林斯继承。柯林斯是个粗俗而无知的牧师，趋炎附势。他向简的妹妹伊丽莎白求婚，遭到了拒绝，就与伊丽莎白的女友夏洛特结了婚。

附近小镇的民团联队里有个英俊潇洒的青年军官威克汉姆，人人都夸他，伊丽莎白也对他产生了好感。有一天，他对伊丽莎白说，他父亲是达西家的总管。达西的父亲曾给他一大笔遗赠，却被达西私吞了。这让伊丽莎白对达西更加反感。

后来，伊丽莎白又遇到了达西。达西无法抑制自己对伊丽莎白的爱慕之情，向她求婚，但态度还是非常傲慢，被伊丽莎白再次拒绝。这一打击使达西第一次认识到骄傲自负所带来的恶果，他非常痛苦，写了一封长信给伊丽莎白，承认自己看不惯班纳特太太的轻浮，怂恿宾利不辞而

语录： 凡是有钱的单身汉，总想娶位太太，这已经成了一条举世公认的真理。这样的单身汉，每逢新搬到一个地方，四邻八舍虽然完全不了解他的性情如何、见解如何，可是，既然这样的一条真理早已在人们心中根深蒂固，因此人们总是把他看作自己某一个女儿理所应得的一笔财产。
——《傲慢与偏见》
（王科一　译）

别，并解释了威克汉姆所说，原来威克汉姆说的都是假话，是威克汉姆自己把那笔遗产挥霍一空，还企图勾引达西的妹妹私奔。伊丽莎白读完信后十分后悔，改变了对达西的看法。

第二年夏天，伊丽莎白随亲戚到达西的庄园做客，与达西再次相遇。她发现达西变了，不仅对人彬彬有礼，在当地也很受人们尊敬。她对达西的偏见因此消除。而当时，伊丽莎白却接到了家信，说小妹莉迪亚随身负赌债的威克汉姆私奔了。伊丽莎白非常难堪，以为达西会更瞧不起自己。没想到，达西得知消息后，不仅替威克汉姆还清了赌债，还给了他一笔巨款，让他与莉迪亚完婚。伊丽莎白就此对达西产生了真诚的爱慕之情。

后来，宾利和简经过一番周折，言归于好。

而达西再次向伊丽莎白求婚，曾因傲慢和偏见险些错过彼此的有情人终成眷属。

小马哥：

这部作品轻松愉快、皆大欢喜，有情人终成眷属，非常适合七夕阅读。

安子：

没错，《傲慢与偏见》接近现代生活，她用喜剧的手法探索女主人公从恋爱到结婚的过程中，发现对方、发现自我的心理过程，生动地反映了 18 世纪末到 19 世纪初英国乡镇的生活和世态人情。

摘录：我也说不准究竟是在什么时间，在什么地点，看见了你什么样的风姿，听到了你什么样的谈吐，便是使得我开始爱上了你。那是在好久以前的事。等我发觉我自己开始爱上你的时候，我已是走了一半路了。

——《傲慢与偏见》

（王科一 译）

第三部分 《呼啸山庄》

小马哥：

安子，我记得前段时间，你在节目中介绍你即将出版的悬疑小说《白夜救赎》的时候提到，你在小说人物的塑造上，借鉴了英国女作家勃朗特姐妹之一艾米莉·勃朗特的《呼啸山庄》，那现在，就跟我们说说这部爱情小说吧。

安子：

我非常喜欢《呼啸山庄》这部小说，尤其对男主人公希斯克利夫印象深刻。至今还记得他趴在窗口上，对逝去的女主人公凯西的呼唤，非常感人，非常虐心。

《呼啸山庄》描写的是 19 世纪，在英国约克郡一个阴沉的荒原边上，一个名叫希斯克利夫的吉卜赛男孩，被欧肖先生带到呼啸山庄，从而与欧肖先生的女儿凯瑟琳相爱的故事。

这个故事比较虐心，凯瑟琳深爱希斯克利夫，但是她不愿嫁给他。因为在她看来，只有嫁给了门当户对的邻居——画眉山庄的埃德加·林顿，才能保证日后有好日子过，也才能更好地保护天天被自己的哥哥欺负的希斯克利夫。然而她的话却被希斯克利夫不经意间听到了。希斯克利夫伤心欲绝，悄悄地离开了呼啸山庄。希斯克利夫离开后，凯瑟琳非常伤心，后来嫁给了林顿。

几年以后，希斯克利夫风度翩翩地回来了。林顿的妹

艾米莉·勃朗特（1818 年 7 月 30 日—1848 年 12 月 19 日），19 世纪英国作家与诗人，著名的勃朗特三姐妹之一，世界文学名著《呼啸山庄》的作者。这部作品是艾米莉·勃朗特一生中唯一的一部小说，奠定了她在英国文学史以及世界文学史上的地位。此外，她还创作了 193 首诗。

摘录： 当我忘了你的时候，我也就忘了我自己。

我喜欢你，因为你比我更像我自己。

——《呼啸山庄》
（方平 译）

妹伊莎贝拉爱上了希斯克利夫。希斯克利夫不仅买下了呼啸山庄，还与伊莎贝拉结了婚。然而婚后，希斯克利夫的冷淡无情使花朵一样的伊莎贝拉很快就枯萎了，凯瑟琳也因为悲伤过度而濒临死亡。希斯克利夫在凯瑟琳弥留之际来到她身边，把她抱到窗前，遥望他们童年时代最幸福的"城堡"——一方岩石。

凯瑟琳死后，希斯克利夫心神错乱，他对周围的一切人都极端轻蔑，百般折磨。他在凯瑟琳死后，始终生活在对凯瑟琳的回忆、思念和期待中。直到 20 年后，跟随凯瑟琳的幽灵，在一个严冬的雪夜，死在他们曾经最喜爱的荒原上。

小马哥：

的确是很虐心的故事，一个被人从街头捡回来的孤儿希斯克利夫和主人家的千金小姐凯瑟琳的生死之恋。

安子：

《呼啸山庄》刚出版的时候，曾被人看作是青年女作家脱离现实的天真幻想，但她所描写的激烈的阶级斗争和英国的社会现象，使它逐渐获得高度的肯定，受到读者的热烈欢迎。《呼啸山庄》表现了 19 世纪资本主义社会中，人在精神上所遭受的压迫和人与人之间的矛盾冲突。通过一个爱情悲剧，描绘了一幅畸形的社会画面，表现了一个弃儿和一个小姐在这种特殊环境中所形成的特殊感情，以及他们对专横暴虐的社会阶层的反抗。这本小说的主线，就是希斯克利夫的爱恨和复仇，以及最终的人性复苏。

语录： 如果你不在了，无论这个世界有多么好，它在我眼里也只是一片荒漠。而我就像是一个孤魂野鬼。

我只是想说天堂不是我的家园，流泪心碎后，我要重返人间。

你就是一刻不停地爱，爱上八十年，也抵不上我一天的爱。

我这么爱他，并不是因为他长得英俊，而是因为他比我更像我自己。不管我们的灵魂是什么做的，他的和我的是完全一样的。
——《呼啸山庄》
（方平 译）

第四部分 《红楼梦》

小马哥：

安子，前面我们介绍的三部爱情小说，都是外国作品，下面，我们给大家介绍一部中国的爱情小说吧。

安子：

好的，说到中国的爱情小说，很多中国听众可能会想起四大名著中的《红楼梦》，更令大多数人印象深刻的，是1987版陈晓旭和欧阳奋强分别饰演林黛玉和贾宝玉的电视连续剧《红楼梦》。这部连续剧不管从剧情上还是从台词上，以及人物的穿衣打扮和性格塑造，都完全尊重了原著。

《红楼梦》被评为中国最具文学成就的古典小说及章回小说的巅峰之作，被认为是"中国四大名著"之首。还产生了一门研究《红楼梦》的学科——"红学"。

《红楼梦》中讲的四大家族的故事。大家都知道，林黛玉自幼多病，母亲早逝，父亲林如海托上京的贾雨村将黛玉带到外祖母家。贾母见了黛玉后喜不自胜，从此黛玉就在贾家安顿了下来。而王夫人的姐妹薛姨妈一家也到了京城，从此贾宝玉、林黛玉和薛宝钗等一群少年少女，在大观园里朝夕共处，一同见证了四大家族的兴盛衰败……

《红楼梦》以贾宝玉、林黛玉、薛宝钗之间的恋爱、婚姻悲剧为主线，描写了以贾家为代表的四大家族的兴衰，

语录：一个是阆苑仙葩，一个是美玉无瑕。若说没奇缘，今生偏又遇着他；若说有奇缘，如何心事终虚化？一个枉自嗟呀，一个空劳牵挂。一个是水中月，一个是镜中花。想眼中能有多少泪珠儿，怎禁得秋流到冬尽，春流到夏！

世事洞明皆学问，人情练达即文章。
——《红楼梦》

揭示了封建大家庭的各种错综复杂的矛盾，展现了封建的婚姻、道德、文化、教育、制度，塑造了一系列贵族、平民以及奴婢出身的女子的悲剧形象，是一幅极其广阔的封建社会的全景图。

《红楼梦》歌颂的是反抗封建礼教的爱情，体现的是追求自由的精神，深刻全面地揭示了贾、林、薛之间爱情悲剧的社会根源。

小马哥：

说起贾宝玉，以及包括林黛玉、薛宝钗在内的金陵十二钗，在中国，几乎家喻户晓。曹雪芹笔下的这些人物，让一代代的中国人感受到了爱情的执着和甜蜜，以及人生的悲怆和无奈。

安子：

是啊，贾宝玉和林黛玉的爱情，让多少人为之叹息，为之流泪啊。贾宝玉作为荣国府的嫡孙，聪明灵秀，是被贾氏家族寄予重望的家族继承人，然而他的思想、他的性格，却使他背叛了家庭。在宝玉心里，并没有太多的等级观念。他平等待人，尊重个性，主张每个人按照自己的意志自由地生活。在他心里，人只有真假、善恶、美丑的划分。他憎恶和蔑视世俗的男性，亲近和尊重被压迫的女性。他甚至憎恶自己的家庭，爱慕和亲近那些与他品性、情趣相投，而出身、地位卑微的人物。

摘录：宝玉呆了半晌，忽然大笑道："任凭弱水三千，我只取一瓢饮。"黛玉道："瓢之漂水奈何？"宝玉道："非瓢漂水，水自流，瓢自漂耳！"黛玉道："水止珠沉，奈何？"宝玉道："禅心已作沾泥絮，莫向春风舞鹧鸪。"

——《红楼梦》

贾宝玉对爱情的追求执着而单纯，他一心追求真挚的爱情，毫不顾及家族利益。他与林黛玉的爱情，是以深厚的感情为基础的，不被地位、财富所左右。林黛玉完全是一个悲剧人物，她出身于一个已经衰败的封建家庭，她不受封建礼教和世俗功利的影响，保持着纯真的天性，敢爱敢恨，我行我素，不顾及后果与得失。即便是在贾府里，她也矜持自重，直率纯洁。

宝玉对黛玉是热爱的，黛玉对宝玉的爱是严肃而专一的。但两人的恋爱注定是一场悲剧，因为它违背了封建礼教的择偶标准，违背了父母之命、媒妁之言的封建婚姻制度，甚至触及了封建家族的根本利益。

再说说薛宝钗。宝钗是个极其现实的人，甚至对宝玉的规劝，也是要他好好读书，追求功名。薛宝钗虽然得不到贾宝玉的爱，却在婚姻中占据优势地位。然而"金玉良缘"徒有其表，真正的爱情不是功利的结合 而是志趣相投，心心相印。

小马哥：

其实，爱情真的只是两个人的事。两个人究竟能不能手拉手，跑完爱情这场人生最难的马拉松，真的要看两个人是不是情投意合，你情我愿，心意相通。如果不能够心有灵犀，哪怕真的是"金玉良缘"，也只是别人眼里的良缘，而不是彼此的幸福真爱。

摘录：假作真时真亦假，无为有处有还无。

厚地高天，堪叹古今情不尽，痴男怨女，可怜风月债难酬。

花谢花飞花满天，红消香断有谁怜。

蜂采百花成蜜后，为谁辛苦为谁甜。

喜笑悲哀都是假，贪求思慕总因痴。

千古艰难唯一死，伤心岂独息夫人。

——《红楼梦》

安子：

是啊，人生有无数选择，唯独爱情的选择，没有人可以替代你、帮助你，只有你自己，才最了解自己的内心，才最清楚，究竟谁是可以让你开心、真心、耐心地相伴一生的那个人。

很多名人都对《红楼梦》给予了超高的评价。红学家周汝昌曾这样说："《红楼梦》是我们中华民族的一部古往今来、绝无仅有的'文化小说'。"鲁迅评价说："《红楼梦》是中国许多人所知道，至少，是知道这名目的书。谁是作者和续者姑且勿论，单是命意，就因读者的眼光而有种种：经学家看见易，道学家看见淫，才子看见缠绵，革命家看见排满，流言家看见宫闱秘事……在我的眼下的宝玉，却看见他看见许多死亡；证成多所爱者当大苦恼，因为世上，不幸人多。唯憎人者，幸灾乐祸，于一生中，得小欢喜少有罣碍。然而憎人却不过是爱人者的败亡的逃路，与宝玉之终于出家，同一小器。"

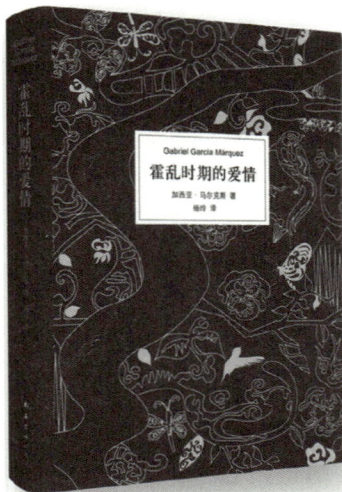

第五部分 《霍乱时期的爱情》

小马哥:

安子，前面我们介绍了四部作品，真的感受到了爱情作品中的悲欢离合、沧桑和幸福。最后，我们再给大家介绍一下诺贝尔文学奖获得者，哥伦比亚作家加西亚·马尔克斯的爱情小说。这部小说，真的是爱情小说，因为书名就有"爱情"两个字，那就是《霍乱时期的爱情》。

安子:

《霍乱时期的爱情》是加西亚·马尔克斯以《百年孤独》获得诺贝尔文学奖之后创作的一部爱情小说。小说以阿里萨和费尔米纳之间持续了半个世纪的爱情为主线，将人世间的种种爱情"一网打尽"。当然，不少爱情在书中只是一笔带过，不过几乎出现在作品中的每个人物，都被作者系上了"爱情"的红线。

有评论家说："《霍乱时期的爱情》堪称一部充满啼哭、叹息、渴望、挫折、不幸、欢乐和极度兴奋的爱情教科书。"

小马哥:

来，安子，给我们讲一讲这部爱情小说的主要内容吧。

安子:

好。《霍乱时期的爱情》的男主角是阿里萨，他是个

摘录: 人不是从娘胎里出来就一成不变的，相反，生活会逼迫他一次又一次地脱胎换骨。

诚实的生活方式其实是按照自己身体的意愿行事，饿的时候才吃饭，爱的时候不必撒谎。

趁年轻，好好利用这个机会，尽力去尝遍所有痛苦，这种事可不是一辈子什么时候都会遇到的。

心灵的爱情在腰部以上，肉体的爱情在腰部往下。

——《霍乱时期的爱情》（杨玲 译）

私生子，性格内向，身材瘦削，十几岁时就辍学到邮局当学徒。在一次送信时，他偶然瞥到长着一双杏核眼的美丽少女费尔米纳，在他看来，费尔米纳"走起路来有一种天生的高傲，就像一头小母鹿，仿佛完全不受重力的束缚"。就是这一瞥，成为这场半个多世纪惊天动地的爱情的源头。

从那一天起，阿里萨就如《红楼梦》里的贾瑞，犯了相思病，吃不进饭，睡不着觉，他没有名为"风月宝鉴"的铜镜，却有个伟大的母亲。这位母亲在儿子最颓废的关键时刻，鼓励儿子鼓足勇气向心中的"女神"表达爱慕之情。

于是，阿里萨和费尔米纳通过书信开始恋爱，他们从未相见，却通过书信表达了最美好的情感，相知相守两年之久。

两年后，偶然的相遇，"女神"费尔米纳却对瘦小苍白的少年阿里萨极为失望，甚至恼火自己爱了两年的人不过是一个幻影。于是当天，她就写了一封绝交信给阿里萨，信里只有两行字：今天，见到您时，我发现我们之间不过是一场幻觉。

从那一天起，阿里萨爱的人挥手离开，可阿里萨的爱情还在，虽然只是阿里萨一个人的爱情，而他也因此发奋图强，成了河运领域的显赫人物；可他守名如玉，虽然与无数个女人缠绵，但绝不公开。他所做的一切，都是为了有一天，费尔米纳的丈夫去世后，他还保持着自由之身，再一次追求他心中的女神费尔米纳。

小马哥：

浪漫而执着的独角戏。

安子：

是啊，而且这样的等待，阿里萨持续了 51 年 9 个月零 4 天，比半个世纪还长的等待，是怎样的深爱啊！

直到 1930 年，费尔米纳的丈夫乌尔比诺在爬树捉鹦鹉时不幸身亡。阿里萨 76 岁、费尔米纳 72 岁时，阿里萨才终于站在了自己心中的女神面前，向她表白。

漫长的等待、无止境的思念、老迈重逢时的无奈与尴尬，这部爱情小说充满了马尔克斯式的孤独和绝望，以及难以言传的迟暮的感伤。

马尔克斯把阿里萨一个人的爱情描写得迂回曲折、细腻缠绵，让人不由得同情这个痴情的老男人对爱的执着。

马尔克斯的这部爱情小说，以一种博大的悲悯的情怀，通过一个人，一个普通人对爱情的坚守，诠释了爱情的伟大。

小马哥：

真的是问世间情为何物，直教人生死相许啊。川端康成在小说《睡美人》中曾这样说：年老的人拥有死亡，年轻的人拥有爱情；爱情可以拥有很多次，死亡却只有一次。然而一场从年轻一直等到暮年的爱情——《霍乱时期的爱情》，蕴含了爱情、死亡、青春、生命、时间等关乎人类存在的问题。

安子：

爱情是文学作品中永恒不变的主题，在这次节目的最后，安子祝愿天下有情人终成眷属。

摘录：生活规律得仿佛生了锈一般，既让人轻蔑，又让人害怕，但同时也是一种保护，让她意识不到时间的流逝。

费尔米纳，我等待这个机会，已经有 51 年 9 个月零 4 天了，在这段时间里，我一直爱着你，从我第一眼见到你，直到现在，我第一次向你表达我的誓言，我永远爱你，忠贞不渝。
——《霍乱时期的爱情》（杨玲 译）

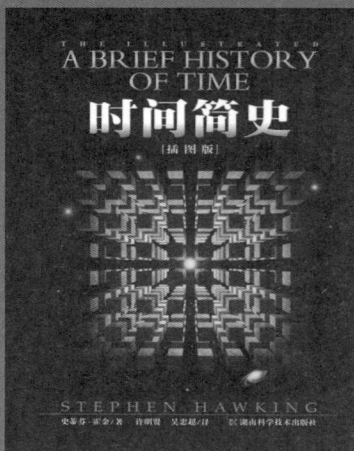

THE ILLUSTRATED
A BRIEF HISTORY OF TIME
时间简史
[插图版]

STEPHEN HAWKING
史蒂芬·霍金/著　许明贤　吴忠超/译　湖南科学技术出版社

台译文学名著

一部"昆虫的史诗"
作表兼诗歌书籍课标泛文学视阅名著

昆虫记

[法] 亨利·法布尔
陈筱卿 译

Jean-Henri Casimir Fabre

时代文艺出版社

这就是二十四节气·春

吴惠春 邵敏/文　许明楠 李婧/绘

DK儿童百科全书

全球已出版23种语言
在300个国家和地区出版
深受全球教育万众儿童喜爱

NO.8
9.7
开学季的百科畅游

作品

作品名	主角	作者
《昆虫记》	蜘蛛、蜜蜂、螳螂、蝎子、蝉等昆虫	法布尔
《这就是二十四节气》	牙牙	高春香、邵敏 著
		许明振、李婧 绘
《时间简史》	时间	霍金
《DK 儿童百科全书》	百科知识	英国 DK 公司
《神奇校车》	卷毛老师和同学们	乔安娜·柯尔

导语

　　开学了，孩子们忙了起来，家长们也忙了起来，不管是幼儿园的孩子还是小学生、中学生，都投入快乐而紧张的学习生活。然而在课本中，在课本外，如何才能满足孩子们强烈的求知欲呢？今天这期节目，我们就向孩子们和家长们介绍几套非常著名的百科图书——不仅有大家熟悉的法国著名昆虫学家法布尔的《昆虫记》，还有获得中国国家图书馆文津图书奖的《这就是二十四节气》的绘本，以及很多小朋友和学生们喜欢的《DK儿童百科全书》和《神奇校车》。最后，我们还将为大家介绍一本非常著名的科学著作，那就是由英国物理学家霍金创作的享誉全球的《时间简史》。

[解读]

第一部分 《昆虫记》

小马哥：

今天我们请来的，还是我们的老朋友——作家安子。来，安子，先跟大家打个招呼吧。

安子：

听众朋友们好，小马哥好。说到百科类书籍，我也是感触非常深，不仅仅是因为自己从小喜欢看百科类科普读物，还因为我女儿也非常喜爱百科科普类读物，天天"为什么、为什么"地问个不停。

小马哥：

孩子们的求知欲真的很强烈，兴趣也非常广泛。安子，今天我们专题介绍的百科作品，一定能够满足孩子们一定的求知欲。那么，安子，我们从哪本书开始呢？

法布尔被当时法国与国际学术界誉为"动物心理学的创导人"。《昆虫记》在全世界畅销。法国学术界和文学界曾推荐法布尔为诺贝尔文学奖的候选人，可惜，没有等到诺贝尔委员会下决心授予他这项大奖，这位伟大的昆虫学家就离开了这个世界。

安子：

我们先来介绍法国著名昆虫学家法布尔的著作《昆虫记》吧。这部作品是世界昆虫的史诗，是哈佛大学113位教授推荐的、全世界最有影响力的书之一。这部作品将昆虫世界化作供人获得知识、趣味、美感和思想的美文。

在介绍这本书之前，我要先跟大家聊一聊作者法布尔。

能将昆虫世界写得如此透彻、如此唯美、如此精致的人，到底是个怎样的人呢？

1823年，法布尔出生在法国南部普罗旺斯的一户农家。法布尔家境贫寒，他的幼年是在位于乡间的祖父母家中度过的。年幼的法布尔被乡间的蝴蝶和蝈蝈所吸引，与可爱的昆虫们成为朋友。

1829年，法布尔6岁那年，来到城市，开始上学，但儿时的岁月一直深深地铭刻在他的心里，他非常怀念和昆虫朋友们一起度过的快乐时光。后来法布尔一家来到罗德兹，法布尔的父亲靠经营一家咖啡馆维持生计。1837年，法布尔随家人又移居到图卢兹。后来法布尔进了图卢兹的神学院，但由于家境困难，他不得不中途退学，出外谋生。法布尔曾在铁路上做过工，也在集市上卖过柠檬。但是法布尔一直没有放弃学习，没有放弃努力。后来，他通过了阿维尼翁师范学校的选拔考试，获得奖学金，经过三年的学习，获得高等学校的文凭。

毕业后，19岁的法布尔在卡本特拉开始了他的教师生涯，所教授的课程就是自然科学史。

1849年，26岁的法布尔当上了科西嘉岛的物理教师。岛上美丽的自然风光和丰富的物种，燃起了他研究植物和

摘录：蝉是非常喜欢唱歌的。它翼后的空腔里带有一和像钹一样的乐器。但它不满足，还要在胸部安置一种响板，以增加声音的强度。的确，有种蝉，为了满足音乐的嗜好，牺牲了很多。因为有这种巨大的响板，使得生命器官都无处安置，只得把它们压紧到身体最小的角落里。当然了，要委身于音乐，那么只有缩小内部的器官来安置乐器了。

——《昆虫记》

（梁守锵 译）

动物的热情。

后来，法布尔靠自学获得了自然科学的硕士和博士学位。

1880年，57岁的法布尔用积攒的一小笔钱，在乡间小镇塞里尼昂附近买了一处坐落在荒地上的老旧民宅，从此，他有了进一步研究昆虫的"实验园"。他还给这座民宅取了个风趣的雅号——荒石园。

就是在荒石园，法布尔开足生命的马力，不知疲倦地从事自己独具特色的昆虫学研究，度过了孤独、欢欣、清苦而平静的35年，写出了一卷又一卷的《昆虫记》。

小马哥：

原来法布尔在57岁之后，才开始《昆虫记》的创作！

安子：

没错。法布尔获得博士学位后，在中学教了20多年的书。业余时间，他一直在观察研究昆虫及植物，发表过非常出色的论文，还得到了达尔文的肯定，连教育部都奖励过他。然而他始终没能登上大学讲台，也无法开辟独立的昆虫学实验室。他的前半生一贫如洗，后半生勉强温饱，但法布尔没有向"偏见"和"贫穷"屈服。他始终勤于自修，扩充知识储备，精心把握研究方向，坚持不懈地观察实验，不断获得新成果，一次又一次地回击"偏见"。

法布尔一生最大的兴趣，就在于探索生命世界的真面目，发现自然界蕴含的科学真理。正因为他热爱真理，所以他撰写《昆虫记》时，一贯"准确记述观察得到的事实，

摘录： 你这贪吃的小毛虫，不是我不客气，是你太放肆了。如果我不赶走你，你就要喧宾夺主了。我将再也听不到满载着针叶的松树在风中低声谈话了。不过我突然对你产生了兴趣，所以，我要和你订一个合同，我要你把你一生的传奇故事告诉我，一年、两年，或者更多年，直到我知道你全部的故事为止。而我呢，在这期间不来打扰你，任凭你来占据我的松树。

——《昆虫记》

（梁守锵 译）

摘录： 蝉与我比邻相守，到现在已有15年了，每个夏天差不多有2个月之久，它们总不离我的视线，而歌声也不离我的耳畔。我通常都看见它们在筱悬木的柔枝上，排成一列，歌唱者和它的伴侣比肩而坐。吸管插到树里去，动也不动地在饮，夕阳西下，它们就沿着树枝用慢而

且稳的脚步，寻找温暖的地方。无论在饮水还是行动时，它们从未停止过歌唱。

沁水通过小小的渠道缓缓地流入附近的田地，那儿长着几棵赤杨，我又在那儿发现了美丽的生物，那是一只甲虫，像核桃那么大，身上带着一些蓝色。那蓝色是如此的赏心悦目，使我联想起了那天堂里美丽的天使，她的衣服一定也是这种美丽的蓝色。我怀着虔诚的心情轻轻地捏起它，把它放进了一个空的蜗牛壳，用叶子把它塞好。我要把它带回家中，细细欣赏一番。
——《昆虫记》
（梁守锵 译）

既不添加什么，也不忽略什么"。法布尔为之献身的，正是这种揭示把握"真相—真理"的伟大事业。

法布尔在 1894 年，也就是 70 岁的时候，荣获法国昆虫学会荣誉会员。然而 5 年后的 1899 年，法布尔 75 岁的时候，由于市面上出现许多仿作，他写的科学读物不再被指定为教科书，版税因此减少，生活再度陷于困境。

所以作家从来都不是一个赚钱的行当，作家们所带给人类的，是知识，是永远的精神食粮。

1902 年，78 岁的法布尔获得俄罗斯昆虫学会荣誉会员。

小马哥：

应该将法布尔称为法国昆虫学家、动物行为学家、文学家，也有人称之为"昆虫界的荷马"。研究昆虫不仅仅是法布尔的工作，而是他的整个生活。

安子：

没错。法布尔是第一位在自然环境中研究昆虫的科学家。他穷尽毕生之力深入昆虫世界，在自然环境中对昆虫进行观察与实验，真实地记录下昆虫的本能与习性，写成《昆虫记》这部昆虫学著作。法布尔的心中充满了对生命的关爱之情和对自然万物的赞美之情，他以人性观照虫性，在描写昆虫的本能、习性、劳动、婚恋、繁衍和死亡时，无不渗透着人文关怀，并以虫性反观社会和人生。他文笔朴素，成就了犹如散文一般优美的《昆虫记》。

在人类历史上，没有哪位昆虫学家具备如此高明的文学表达才能，没有哪位作家具备如此博大精深的昆虫学造诣。

小马哥：

　　不仅是孩子们，就连我们这些成亾人看了《昆虫记》，都觉得非常有趣。《昆虫记》有 10 册．每册包含若干章，每章详细、深刻地描绘一种或几种昆虫的生活。在法布尔笔下，那些蜘蛛、蜜蜂、螳螂、蝎子、蝉、甲虫、蟋蟀等昆虫，是那样可爱、那样美好。

法布尔

　　法布尔一直沉浸在昆虫事业中，一直到 1910 年，他在全 10 卷精装本《昆虫记》的出版序言中说："非常遗憾，如今我被迫中断了这些研究。要知道从事这些研究是我一生得到的唯一的、仅有的安慰。阅尽大千世界，自知虫类是其最多姿多彩者中的一群。即使能让我再获得些许气力，甚至有可能再获得几次长寿人生，我也做不到彻底认清虫类的益趣。"

第二部分 《这就是二十四节气》

小马哥：

安子，介绍完《昆虫记》，有没有中国的优秀的百科类书籍介绍给大家呢？

安子：

有的，下面我给听众朋友们介绍的，就是获得中国国家图书馆文津图书奖的《这就是二十四节气》。这是为孩子们讲解二十四节气的中国原创科普图画书，不管是图画还是文字，都非常美，非常值得一看。

小马哥：

中国本土的科普绘本，一定很有中国特色吧？

安子：

没错，这本书分八大板块，有节气故事、节气由来、农事活动、民俗节日、古诗谚语、天文气候、七十二候、动物和植物，知识非常丰富。从小女孩牙牙来到乡下的爷爷奶奶家，在这里开始陌生又亲切的生活写起，从牙牙每天遇到的各种好玩的事情、发现的许多神奇的秘密讲起，讲述了春种夏长、秋收冬藏。通过牙牙在乡下体验到的一年二十四节气的变化，为小读者们展现大自然母亲的无穷魅力！

小马哥：

听起来很童真、很美好的感觉。安子，给我们讲讲牙牙的故事吧，让我们一起来体验什么是二十四节气。

安子：

好啊，让我们一起来读一读《这就是二十四节气》。

这本书是按照一年二十四节气的时间顺序，以黄河中下游地区一个小村落为例，讲述二十四节气这项古老发明的历史由来以及它对我们当下生活的影响和启示。

让我们先来看看，牙牙是怎么来到乡下的。

趁着春节，爸爸要带牙牙去山东爷爷家住上一阵。爸爸说，那里是黄河中下游，一年四季变化分明。古老的二十四节气就是在那里产生的。

牙牙好奇地问："什么是二十四节气？"

爸爸说："就像一年有四季一样，2000多年前，我们聪明的祖先观察自然的变化，对一年做了更细致的划分，发明了'二十四节气'和'七十二候'，具体地说，五天为一候，三候为一个节气，六个节气就是一个季节。有了二十四节气，农民伯伯就知道'谷雨前后，种瓜点豆'，小朋友就知道'春分燕归来，白露燕南去'。"

这套书的语言非常美，比如说到惊蛰："一阵春雷响，沉睡了一冬的小动物从洞里钻了出来。牙牙想起爷爷的话，打雷的时候，不能站在高处和树底下，吓得赶紧往山下跑。"

说到芒种："收麦子啦！大人们在田里一刻不停地忙着，想赶在下雨前把金黄色的麦子全收割完。小孩儿也被分配了任务，到大人割过一遍的麦地里捡麦穗儿。牙牙和

节气是指二十四时节和气候，是中国古代订立的一种用来指导农事的补充历法，是中华民族劳动人民长期经验的积累成果和智慧的结晶。

由于中国古代是一个农业社会，需要了解太阳运行情况，所以在历法中又加入单独反映太阳运行周期的"二十四节气"。

小伙伴们比赛看谁捡得又多又快，每次捡到一棵金灿灿的麦穗儿，就像发现了宝藏一样。"

书中故事以小女孩牙牙在爷爷家的经历为主线，讲述与每个节气有关的天文、气象、物候、农事、民俗活动等知识，并辐射到南北不同地区，为小读者们设计了记录节气变化的观察互动内容。每个节气还为孩子们甄选出适合读诵记忆的节气诗词和谚语。小读者们既可以跟随牙牙的脚步，去看看何时种豆子、何时收麦子、何时摘西瓜，又可以参照知识板块图文并茂的演示，自己动手尝试各种好玩的手工技艺、传统游戏，从中体会到古代劳动人民的智慧，发掘农耕文明留给我们的宝贵财富。

小马哥：

这本书真的是太有趣了。很多节气，大人们也不是很熟悉，真的应该认真读一读。

安子：

不仅有趣，而且读起来非常轻松愉快，非常中国化，非常美。

二十四节气分别为立春、雨水、惊蛰、春分、清明、谷雨、立夏、小满、芒种、夏至、小暑、大暑、立秋、处暑、白露、秋分、寒露、霜降、立冬、小雪、大雪、冬至、小寒、大寒。

2016 年 11 月 30 日，中国"二十四节气"被正式列入联合国教科文组织人类非物质文化遗产代表作名录。

第三部分 《时间简史》

小马哥：

安子，开学季，很多家长都在思考，如何激发孩子们的学习兴趣，比如数学、化学、物理，有一些学科还是很枯燥的。安子，有什么百科科普类书籍，可以激发孩子们的学习兴趣？

安子：

我向家长们和孩子们推荐《时间简史》。其实最初我也没有留心这本书，后来我一个亲戚的儿子上初中，说要看这本书，他妈妈就给我打电话，问初中生能不能看懂这本书？于是我特意买了一本《时间简史》研究了一下，结果发现，这本书，初中生真的可以读，而且一点也不枯燥。

小马哥：

是吗？我一直以为这本书是理科生的专利读物呢。

安子：

霍金写得深入浅出，不管是文科生还是理科生，都能看懂。《时间简史》讲的是探索时间和空间核心秘密的故事，是关于宇宙本性的最前沿知识，包括我们的宇宙图像、空间和时间、膨胀的宇宙不确定性原理、基本粒子和自然的力，以及黑洞和时间箭头等内容。听起来很高深，但是

摘录： 当爱因斯坦说到"上帝不掷骰子"的时候，他错了。鉴于黑洞给予我们的暗示，上帝不仅掷骰子，而且往往将骰子掷到我们看不见的地方以迷惑我们。

我的目标很简单，就是完成我对宇宙的认知，这包括宇宙为什么是它现在的样子，以及宇宙为什么会存在。

时间是大脑思维的一种错觉。

有人告诉我，我的书里每出现一条科学公式，就会导致销售量下降一半。当我再度在书的结尾处放上爱因斯坦的著名公式 $E=mc^2$ 的时候，我希望不会吓走我一半的潜在读者。

——《时间简史》
（吴忠超 译）

写得非常通俗易懂，而且非常有代入感，对于求知欲强烈的学生而言，非常值得阅读。而且事实上，《时间简史》的第一版中的许多理论预言，后来在人类对于微观或者宏观宇宙世界的观测中都得到了证实。

《时间简史》从 1988 年首版以来，已经成为全球科学著作的里程碑。它被翻译成 40 种文字，销售了近 1000万册。当下大家能够在各个网店和实体店买到的这一版本的《时间简史》，还附有 250 幅照片和电脑制作的三维、四维空间图，非常形象生动，引人入胜。

小马哥：

我知道不仅仅是《时间简史》，就连作者史蒂芬·霍金都是一个传奇。霍金曾任剑桥大学卢卡斯数学教授，他被推崇为继爱因斯坦后最杰出的理论物理学家。2018 年 3月 14 日，史蒂芬·霍金去世，享年 76 岁，他的骨灰被安放在伦敦的威斯敏斯特教堂内，与牛顿和达尔文为邻。

霍金，从他的名字到他的声音，从他的形象到他的"坐骑"，在全世界广为人知。霍金在大学的前三年，每年平均每天只学习 1 个小时，但是在 21 岁时，他获知自己得了渐冻症，只能活两年，悲伤之下，他拼命学习，不仅完成了剑桥大学的博士课程，获得了博士学位，并且活过了两年，活成了物理界的顶尖人物。

安子：

是啊，很难想象，霍金 21 岁时就患上肌萎缩性侧索硬化症，也就是卢伽雷氏症，全身瘫痪，不能说话，手部

摘录：宇宙中的所有结构都起源于量子力学的不确定性原理允许的最小起伏。

我们看到从很远星系来的光是在几百万年之前发出的，在我们看到的最远的物体的情况下，光是在 80亿年前发出的。这样当我们看宇宙时，我们是在看它的过去。

常识告诉我们，如果不进行外加干涉，事物总是倾向于增加它的无序度。

——《时间简史》
（吴忠超 译）

只有三根手指可以活动。然而他却在 1979—2009 年，任英国剑桥大学卢卡斯数学教授 30 年。霍金担任的这个职务，当年牛顿曾经担任过。霍金的主要研究领域是宇宙论和黑洞，他证明了广义相对论的奇性定理和黑洞面积定理，提出了黑洞蒸发理论和无边界的霍金宇宙模型，在统一 20 世纪物理学的两大基础理论——爱因斯坦创立的相对论和普朗克创立的量子力学——方面走出了重要一步。霍金一生获得英国荣誉勋章、大英帝国司令勋章、英国皇家学会会员、英国皇家艺术协会会员等多项荣誉。

对于青少年读者来说，《时间简史》的意义，不仅仅在于书本身，更在于史蒂芬·霍金坚持不懈、永不放弃的精神。

第四部分 《DK 儿童百科全书》

小马哥：

　　安子，前面我们介绍了三部作品，解读了昆虫世界、二十四节气以及时间与空间的作品，那么有没有百科作品介绍给爱读书、满脑子为什么的儿童们呢？

安子：

　　推荐家长和孩子们一起读一读中国专业的百科出版社——中国大百科全书出版社和英国著名的出版公司——DK 公司共同打造的经典儿童百科系列——《DK 儿童百科全书》，非常好看。

　　这套书包括海洋、自然环境、地理、人体和科学 5 册，有上万幅精彩图片，非常漂亮。文字说明被巧妙地编排其中，为孩子讲解各个领域的有趣知识。而且这套书还充分考虑了儿童的知识基础，结合孩子的兴趣点和知识点，充分尊重儿童的求知天性，满足儿童的阅读需求。

　　这是一套真正的百科全书，不仅可以帮助孩子们激发读书的渴望，培养追求知识的兴趣，还可以帮助孩子们养成寻找知识的方法、养成寻找知识的习惯，更可以培养孩子们独立思考的能力，让孩子们在兴趣中主动快乐地学习。

小马哥：

　　这让我想起了小时候看过的《十万个为什么》。

《DK 儿童百科全书》是英国 DK 公司推出的一套儿童类的综合百科全书，图文并茂，内容涵盖面广泛，知识量丰富。无论在内容编排上还是在版面的创新上，都有着独到之处。中国大百科全书出版社引进出版了该书。

《DK 儿童百科全书》在全球已被译成 12 种语言并在 16 个国家出版，受到全球数百万儿童的喜爱。

安子：

　　差不多，比《十万个为什么》要丰富有趣，我女儿最喜欢《DK 儿童海洋百科全书》和《DK 儿童自然环境百科全书》，那些水母、海葵，还有那些帝企鹅等图片吸引了她，天天缠着大人给她读。不过大人看着也很漂亮、很有趣，所以作为亲子读物，非常不错。

小马哥：

　　这套书有 5 册，是不是每本都超大超厚？

安子：

　　没错，这套百科工具书，可以陪伴孩子好几年，非常好，而且字大、图多，对孩子的视力也非常好。

第五部分 《神奇校车》

小马哥:

安子,现在国家一直在提倡给孩子们减负,希望能够让孩子们在玩中学、学中玩,还孩子们快乐的童年,那么最后,我们再给大家介绍一本轻松愉快的百科图书吧。

安子:

那就建议孩子们看《神奇校车》。这套书是美国的金牌畅销系列图书。在这套书里,孩子们可以跟着卷毛老师和同学们,一起开启神奇校车的科学冒险之旅!

《神奇校车》有很多本,内容包罗万象,涵盖了太空、气象、海洋、植物、动物、地理、身体等各方面的自然科学知识,另外还涉及一些有趣的社会研究课题,比如"自由女神的建造过程""旧物是如何回收利用的",知识丰富有趣。这套科普故事书新颖活泼、好玩易懂,带领孩子们进入浩瀚的科学领域,畅游在地球科学、生物科学、太空科学、气象学、古生物学等学科中。

《神奇校车》是奇特想象与抽象科学相融合的科普绘本,用符合儿童的互动方式,调动儿童对科学的探究与欲望,《神奇校车》展示了一种新奇的、迷人的、另类的自然科学教育方式。

书上的图片很吸引孩子,文字设计也很好,既有连贯

的故事情节，又有人物对话，还有故事中小孩子们完成作业的报告。总之，每一页的信息量都很大。更重要的是，孩子基本上自己都能看懂，即便是不认识字，也差不多能猜出内容来。

小马哥：

现在的孩子真幸福，能够通过这么多有趣的书学到丰富有趣的知识。

安子：

是啊，而且《神奇校车》还有动画版、手工益智版、阅读版、人文版、图画书版、科学博览会版等许多不同的版本，适合不同年龄不同需求的读者。四五岁的孩子可以看手工益智版、动画版、图画书版，大一些的孩子可以看人文版和阅读版，再大一些的可以看科学博览会版，都非常有趣有益。

《神奇校车》在全世界都非常畅销。中国的孩子们，看完《这就是二十四节气》，看完《DK 儿童百科全书》，不妨看看《神奇校车》，一定会收获很多。

小马哥：

相信今天我们介绍的这五套书，一定能够给家长们和孩子们带来知识和乐趣，一定可以激起孩子们更强烈的求知欲和探索欲。

《神奇校车》系列丛书是美国国家图书馆推荐给所有学龄前儿童和小学生的课外自然科普读物，也是全美最受欢迎的儿童自然科学图书系列，曾荣获波士顿环球图书奖、美国《教育杂志》非小说类神奇阅读奖。

安子：

最后，安子祝愿所有的孩子们，开心成长，快乐幸福。

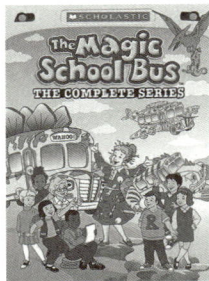

1994 年，美国 Scholastic 集团将《神奇校车》改编成动画片搬上银幕。该动画片共 52 集，每集剧长 25 分钟。

刚开到校外的路口，校车便拐进了一条黑漆漆的隧道。当我们从隧道钻出来时，神奇的事情发生了——校车变了样，我们也变了样。每个人都穿上了潜水服，连卷毛老师也一样。

NO.9
9.21

解读月亮的味道，品味书香中秋

作品

作品名	主角	作者
《月亮的味道》	小动物们和月亮	麦克·格雷涅茨
《伊伊，中秋节快乐！》	伊伊和家人	丁丁著；梁琨绘
《月亮和六便士》	思特里克兰德	毛姆
《从地球到月球·环游月球》	巴比康、米歇尔·阿尔当、尼却尔舰长等人	儒勒·凡尔纳
《月亮宝石》	克夫探长	威尔基·柯林斯

导语

　　下周一，就是中国的传统节日——中秋节了。一年一度的中秋节，从古至今都是阖家团圆、幸福美满的节日。中秋节又称八月节、八月会、追月节、玩月节、拜月节、女儿节或团圆节。不仅中国的许多民族过中秋节，日本、韩国和越南等国家也过中秋节。不过有的地方在农历八月十五过中秋节，而有些地方则在农历八月十六过中秋节。今天，我们就和我们的老朋友——作家安子，一起解读月亮的味道，品味书香中秋。

　　中秋节有悠久的历史，和其他传统节日一样，也是慢慢发展形成的。古代帝王有春天祭日、秋天祭月的礼制，早在《周礼》一书中，已有"中秋"一词的记载。后来贵族和文人学士也仿效起来，在中秋时节，对着天上又亮又圆的一轮皓月，观赏祭拜，寄托情怀。这种习俗就这样传到民间，形成一个传统的活动，一直到了唐代，这种

祭月的风俗更为人们所重视，中秋节就成了固定的节日。《唐书·太宗记》记载有"八月十五中秋节"，如今，中秋节是我国的主要节日之一。

中秋节的传说是非常丰富的，嫦娥奔月、吴刚伐桂、玉兔捣药之类的神话故事流传甚广。

解读

第一部分 《月亮的味道》

小马哥：

中秋节，在我国，始于唐朝初年，盛行于宋朝，到明清时，已经成为和春节齐名的中国传统节日之一。受中华文化的影响，中秋节也是东亚和东南亚一些国家，尤其是当地华人、华侨的传统节日。2006 年 5 月 20 日，国务院将中秋节列入首批国家级非物质文化遗产名录。从 2008 年起，中秋节被我国列为国家法定节假日。

从古至今，中秋节有祭月、赏月、拜月、吃月饼、赏桂花、饮桂花酒等习俗，这些习俗流传至今，经久不息。

今天，我们就和我们的老朋友——作家安子，一起聊一聊和月亮、中秋节有关的图书。

安子：

小马哥好，听众朋友们好，过两天就是中秋节了。中秋节与端午节、春节、清明节并称为中国四大传统节日。

安子先在这里祝大家中秋快乐。

小马哥：

中秋节是月圆之日，也是团圆之日，我们在中秋节祈盼丰收、祈盼幸福。中秋节代表了民族的习俗，也代表了中华的文化。今天，在中秋来临之际，安子，我们给大家讲一讲与月亮、中秋有关的好书吧。

安子：

好的。大家也许早早地规划好了节日的行程。中秋节少不了跟家人团聚，或者带孩子一起出去玩儿。不管怎么过中秋，到了晚上，大家一定会边吃月饼，边欣赏高悬在夜空中的圆月。那么，我们就讲一讲与这个美丽节日有关的好书。在中秋节，父母可以和孩子们共享中秋好书。

和月亮以及中秋有关的书有很多，比如小朋友们熟悉的《月亮的味道》《晚安，月亮》《月亮不见了》《月亮的秘密》等。此外，还有荣获"2016年全国最美绘本"称号、被许多国家的图书馆珍藏、英文版在全世界热销的中国传统民俗绘本《伊伊，中秋节快乐！》。还有很多青少年朋友熟悉的法国作家凡尔纳的作品《从地球到月球·环游月球》，大朋友们都熟悉的英国小说家毛姆的长篇小说《月亮和六便士》，以及英国侦探推理文学的创始之作威尔基·柯林斯的作品《月亮宝石》。当然，还有许多和月亮以及中秋节有关的作品，比如迈克尔·杰克逊的自传《月球漫步》，几米画给成年人的绘本《月亮忘记了》等作品。

小马哥：

安子，那我们先来说说《月亮的味道》吧，看看在这本写给孩子的绘本里，月亮到底是甜的还是咸的。

安子：

我来之前和我家孩子他爸说，这一期我要介绍绘本《月亮的味道》，他一听就笑了，问我："月亮，是什么味道呢？是甜的还是咸的？"我一听也笑了，我家孩子两岁的时候，孩子她爸就给孩子读过这本《月亮的味道》，非常美，充满了童趣。这本书的作者麦克·格雷涅茨出生于波兰，在欧洲从事插图工作。1996 年以《月亮的味道》获得日本绘本奖。这本书很简单，讲的是小动物们品尝月亮的味道的故事。

小动物们都非常好奇，月亮到底是什么味道呢，是甜的还是咸的？可不管它们怎样伸长脖子，伸长手，伸长腿，都够不着月亮。于是小海龟叫来大象，说："大象，你到我背上来，说不定我们够得到月亮呢！"

月亮看见了，就想："这是在和我玩游戏吧！"于是大象的鼻子往上一伸，月亮就轻轻地往上一跳。

大象够不着月亮，就叫来了长颈鹿。然后长颈鹿叫来了斑马，斑马叫来了狮子，狮子叫来了狐狸，狐狸叫来了猴子。可月亮看见谁，都轻轻往上一跳，于是动物们还是够不到月亮。

最后，猴子叫来老鼠。月亮看着老鼠，心想："这么个小不点儿，肯定捉不到我的。"于是这次它没有向上跳。结果想不到，"咔嚓！"老鼠咬下一片月亮。接着，它给

麦克·格雷涅茨，1955 年生于波兰，在欧洲从事插图工作，1985 年赴美国，1996 年以《月亮的味道》获得日本绘本奖，现居日本专门从事绘本创作。他曾发表过《你为什么悲伤？》《小卡车，我等你》《泰迪熊，阳光闪闪》《彩虹色的花》《爸爸的围巾》等多部作品。

动物们都分了一块月亮。大家都觉得，这是它们吃过的最好吃的东西。

河里的一条小鱼看到这一切，觉得好奇怪，水里有一个月亮，动物们为什么要到高高的天上去摘月亮呢？

故事写到这里，就结束了。

小马哥：

安子，这个故事的确很有趣，那么它为什么那么吸引孩子们呢？

安子：

因为《月亮的味道》很好，月亮很好吃，月亮和小动物们的游戏好玩！幼儿最感兴趣的，就是吃，他们最直观的体验就是味道，那么他们看见月亮，也会很奇怪，月亮好吃吗？月亮究竟是什么味道，孩子们非常非常想知道。

波兰画家麦克·格雷涅茨笔下的这个大月亮，真的很"好吃"，明黄色的，看起来薄薄脆脆，大大地落在书页上，很诱人。

那么故事，又是以游戏的形式呈现的，动物们像叠罗汉一样够月亮，一个又一个小动物爬上去，小朋友们最喜欢这样的游戏，和他们玩的积木游戏一样，越堆越高，直到最后小老鼠爬了上去，咬到了月亮。

然后每个小动物都尝到了月亮的味道，它们挤在一起心满意足地睡着了。月亮变成了一牙弯月，温暖的画面。最终以一只小鱼的提问结尾，这让孩子们充满了新的想象。

儿童绘本之所以美，就在于它单纯、干净、优美。《月

《月亮的味道》是一本充满了童趣的书。本书曾获得1996年第2届日本图画书奖翻译图画书奖；入选日本全国学校图书馆协议会第22次"好图画书"，日本图书馆协会选定图画书；入选日本儿童书研究会绘本研究部编"图画书·为了孩子的300册"；入选日本"亲子共读图画书300本"等。

亮的味道》正是一本非常单纯、非常美丽的书，就算是长大的孩子或者成年人看了，都会觉得开心愉悦。这样的书，才是好书，可以作为精神财富流传下来的好书。

中外有很多有关月亮的传说。在中国古代神话中，关于月亮的故事数不胜数。像嫦娥奔月、吴刚折桂、朱元璋与月饼起义等。在国外，比如在古希腊神话中，月亮女神的名字叫阿尔忒弥斯，她是太阳神阿波罗的孪生妹妹，同时她也是狩猎女神。

第二部分 《伊伊，中秋节快乐！》

小马哥：

第二本，我们就聊一聊荣获"2016 年全国最美绘本"称号，被许多国家的图书馆珍藏的中国传统民俗绘本《伊伊，中秋节快乐！》。安子，这本书也是你家宝贝的必读图书吗？

安子：

是啊，我给我家宝贝买过很多绘本，很多是我们读给她听，毕竟她还小，不认识字；不过这本，她虽然不认识字，但是却一页一页翻看了很久，翻到最后，还兴高采烈地拉着爸爸和她一起做手工。

小马哥：

哦，这么说，这是一本可以动手制作的书了？

安子：

没错。近几年，我国的绘本发展非常快，出版社出版了许多不错的绘本。在上次我做的节目《开学季的百科畅游》中，我就介绍了 2016 年获得文津奖的《这就是二十四节气》。这一次，说到中国的非物质文化遗产——传统节日中秋节，自然也要介绍我们国家出版的传统民俗绘本《伊伊，中秋节快乐！》，因为它的确独具特色，它不仅有温情而有趣的故事，还有手工剪纸，最后还有趣味英语，真的是实现了学中玩、玩中学。

此外，我推荐这本书，还有一个非常重要的理由，那就是对于中国的传统节日，家长们都必须重视起来，要让孩子们从小有节日感。说白了，生活要有仪式感、节日感。这不仅仅是对历史、对传统、对文化的尊重，更是一种民族习俗、民族信仰。传统节日带给孩子们的，是民族的自豪感和归属感。

现在幼儿园的老师们到了节日，经常会给家长们发微信，比如万圣节，请给小朋友们带装扮道具来；中秋节，请给小朋友们带月饼模具来。商家们到了圣诞节、春节，就开始大张旗鼓地搞促销。然而，现在过节，比如端午节，还有多少家长给孩子的手腕上戴上五彩绳？中秋节，还有多少家庭自己做桂花糕？恐怕现在很多孩子连桂花糕是什么都不知道。其实中国的很多传统美食和民俗，都和传统节日有关，然而现在节日的味道越来越淡，很多传统民俗都被人们渐渐淡忘了。所以我大力推荐这本《伊伊，中秋节快乐！》，这本书里有关中秋节的传说、习俗和美食，至少能让孩子们从书上了解到祥和、美好的传统中秋节究竟是什么样子的。

小马哥：

安子，这本书里介绍的，传统的中秋节到底是什么样的呢？

中秋祭月，在我国是一种十分古老的习俗。据史书记载，早在周朝，帝王就有春分祭日、夏至祭地、秋分祭月、冬至祭天的习俗。祭祀的场所称为日坛、天坛、月坛、地坛。分设在东南西北四个方向。北京的月坛就是明清时皇帝祭月的地方。《礼记》中记载："天子春朝日，秋夕月。朝日之朝，夕月之夕。"这里的夕月之夕，指的正是夜晚祭祀月亮。这种风俗不仅为宫廷及上层贵族所奉行，随着社会的发展，也逐渐影响到民间。

安子：

传统的中秋节，是要和家人团聚的，然后，一起和面，一起做月饼，一起做桂花糕。到了中秋之夜，要一起赏月，一起吃月饼，吃桂花糕，吃鸭，吃芋头，给孩子讲嫦娥和月兔的故事，孩子们还可以玩兔儿爷，玩花灯……

小马哥：

现在的孩子，电动玩具可能有很多，不过玩过兔儿爷的可能就不多了。

安子：

是啊，以前一到中秋节前后，大街小巷里都有卖兔儿爷的，现在也很难买到了。

小马哥：

现在的中秋节，最大的特点就是全家团圆，不过很多人也在中秋节出去旅游。

安子：

是啊，所以中秋的味道越来越淡。如果家长们有时间，这个中秋，不妨带孩子一起读一读这本《伊伊，中秋节快乐！》，至少能够让孩子多了解一些中秋节应有的乐趣和风俗。

在古代有"秋暮夕月"的习俗。夕月，即祭拜月亮。设大香案，摆上月饼、西瓜、苹果、红枣、李子、葡萄等祭品，其中月饼和西瓜是绝对不能少的。西瓜还要切成莲花状。在月下，红烛高燃，全家人依次拜祭月亮，然后由当家主妇切开团圆月饼。切的人算好全家共有多少人，在家的、在外地的，都要算在一起，不能切多也不能切少，大小要一样。

第三部分 《月亮和六便士》

小马哥：

安子，咱们开头的时候，还提到了英国小说家毛姆的长篇小说《月亮和六便士》。刚才说的两本，都是给孩子们看的绘本，现在咱们来说说《月亮和六便士》，给我们的大朋友们介绍一下这本和月亮有关的小说。

安子：

《月亮和六便士》是英国著名小说家毛姆的作品，我先给大家介绍一下作家毛姆。毛姆全名威廉·萨默塞特·毛姆，他于 1874 年出生在巴黎。毛姆的父亲是律师，当时在英国驻法国大使馆就职。毛姆还不到 10 岁的时候，父母就先后去世，他被送回英国，由伯父抚养。毛姆上学期间，由于身材矮小，而且严重口吃，经常受到大孩子的欺凌和折磨。毛姆的童年生活，从 10 岁以后，可以说是孤独而凄楚的，所以他的性格越来越孤僻，越来越敏感，也越来越内向。

后来，毛姆去德国海德堡大学学习了一年，回国后在伦敦一家会计师事务所当了 6 个星期的实习生，后来到医学院去学医。毛姆学了 5 年医学，他的第一部小说《兰贝斯的丽莎》，就是根据他从医实习期间的见闻写成的。

毛姆从 23 岁开始文学创作，然而写了好几年，出版了好几部小说，也没有火起来。于是毛姆转向戏剧创作，

威廉·萨默塞特·毛姆，英国小说家、剧作家。代表作有戏剧《圈子》，长篇小说《人生的枷锁》《月亮和六便士》，短篇小说集《叶的震颤》《阿金》等。

毛姆 1874 年 1 月 25 日出生在巴黎，中学毕业后，在德国海德堡大学肄业。1892—1897 年在伦敦学医，并取得外科医师资格。1897 年发表第一部长篇小说《兰贝斯的丽莎》。1915 年发表长篇小说《人间的枷锁》。第一次世界大战期间，毛姆赴法国参加战地急救队，不久进入英国情报部门，在日内瓦收集敌情；后又出使俄国，劝阻俄国退出战争，与临时政府首脑克伦斯基有过接触。1916年，毛姆去南太平洋旅行，此后多次到远东。1920 年到中国，写了游

记《在中国的屏风上》，并以中国为背景写了一部长篇小说《彩巾》。以后又去了拉丁美洲与印度。1919年，长篇小说《月亮和六便士》问世。毛姆于1928年定居法国地中海海滨。第二次世界大战期间曾去英、美宣传联合抗德，并写了长篇小说《刀锋》。1930年，长篇小说《大吃大喝》出版。1948年，以16世纪西班牙为背景的长篇小说《卡塔林纳》出版。1954年，英国女王授予其"荣誉侍从"的称号，他成为皇家文学会的会员。1959年，毛姆做了最后一次远东之行。1965年12月16日于法国病逝。

结果大获成功，红极一时，最多的时候，伦敦的舞台上同时上演他的4个剧本。而他的第10个剧本《弗雷德里克夫人》，竟然连续上演长达一年之久。然而毛姆最钟情的，还是小说，所以就在他的作品在伦敦的舞台上红得发紫的时候，他悄然中断了戏剧的创作，潜心创作小说。

毛姆的小说，代表作有反映现代西方文明束缚、扼杀艺术家个性及创作的《月亮和六便士》，还有刻画当时文坛上可笑可鄙现象的《寻欢作乐》等。毛姆还写过大量的短篇小说，构思精巧，人物丰满。

毛姆晚年时享有很高的声誉，英国牛津大学和法国图卢兹大学分别授予他"荣誉团骑士"称号。毛姆去世于1965年，享年91岁。他去世后不久，美国著名的耶鲁大学还为他建立了毛姆档案馆，以资纪念。

我个人认为，我们也应该为我们中国的作家设立更多的荣誉，比如《红楼梦》的作者曹雪芹。国内的一些名校，是不是应该设立一个曹雪芹纪念馆，或者曹雪芹档案馆呢？这不仅是对作家的尊重，更是对文化财富的推崇。

小马哥：

这个建议不错。那么安子，《月亮和六便士》讲了怎样一个故事呢？

安子：

毛姆的《月亮和六便士》，讲的是英国证券交易所的经纪人思特里克兰德，放弃了稳定的职业和社会地位，放弃了世俗眼里的美满家庭，离家出走，追求绘画梦想的故事。在这本书里，证券经纪人思特里克兰德就像"被魔鬼附了体"，开始他的妻子还以为他被某个巴黎女人给勾引走了，然而最终却发现，真正勾引走思特里克兰德的，不是人，而是他内心对于绘画的向往。这个故事听起来有点匪夷所思，一个拥有两个孩子，拥有美丽能干、八面玲珑的妻子，拥有平稳的工作、有房有车的中产阶层，怎么会因为一个看起来不切实际的梦想而放弃自己为之努力半生的一切？

但是如果大家了解了法国后印象派画家、雕塑家保罗·高更的经历，就会对《月亮和六便士》里这位证券经纪人的行为有所理解。事实上，《月亮和六便士》就是以高更的经历为背景创作的。

画家高更23岁时当上了股票经纪人，收入丰厚，还娶了一位漂亮的姑娘。然而谁也想不到，高更在35岁时辞去了银行的职务，做了专职画家，38岁时，竟然和家庭断绝了关系，独自一人孤独地生活。而在12年后，也就是高更47岁的时候，因为健康原因和经济原因，还试图自杀。

两年后，也就是高更49岁的时候，创作了传世杰作《我们从哪里来？我们是谁？我们往哪里去？》。

事实上，《月亮和六便士》中的证券经纪人思特里克兰德离家出走，最后落脚在塔希提岛，就是高更的生活写照。

在《月亮和六便士》中，主人公思特里克兰德不被人理解，在异国他乡，忍受着病痛的折磨、贫穷的煎熬，精神上也忍受着痛苦的折磨。后来，经过一番离奇的遭遇后，

《月亮和六便士》是英国小说家是威廉·萨默塞特·毛姆的三大长篇力作之一，成书于1919年。在这部小说里，毛姆用第一人称的叙述手法，叙述了整个故事。本书情节取材于法国后印象派画家高更的生平，原是位证券经纪人的主人公人到中年，舍弃一切到南太平洋的塔希提岛与土著人一起生活，获得灵感，创作出许多艺术杰作。小说所揭示的逃避现实的主题，成为20世纪的流行小说。

摘录: 在爱情这件事上,如果你考虑起自尊心来,那只能有一个原因:实际上你还是最爱自己。

追逐梦想就是追逐自己的厄运,在满地都是六便士的街上,他抬起头看到了月光。

感情有理智所根本不能理解的理由。

做自己最想做的事,生活在自己喜爱的环境里,淡泊宁静,与世无争,这难道是糟蹋自己吗?与此相反,做一个著名的外科医生,年薪一万镑,娶一位美丽的妻子,就是成功吗?我想,这一

思特里克兰德离开文明世界,远遁到与世隔绝的塔希提岛上,终于找到了灵魂的宁静和适合自己艺术气质的创作氛围。

主人公思特里克兰德,在塔希提岛上同一个土著女子同居,创作出一幅又一幅震惊后世的杰作。在他染上麻风病双目失明之前,他在自己住房的四壁上画了一幅表现伊甸园的伟大作品。然而在思特里克兰德逝世前,他却命令土著女子在自己死后,将这幅伟大的壁画付之一炬。而这名土著女子最终遵照心上人的遗愿,将壁画烧了个一干二净。

小马哥:

多么让人唏嘘的故事啊。作家毛姆通过这个故事,通过思特里克兰德这样一个人物形象,探索了艺术的产生与本质、个性与天才的关系、艺术家与社会的矛盾等令人深思的问题。《月亮和六便士》一书问世后,就以情节入胜、文字深刻在文坛轰动一时,引发了人们对摆脱世俗束缚、逃离世俗社会、寻找心灵家园这一系列话题的思考和争论。

安子:

这本书本身就是一个讽喻,为什么书名叫作《月亮和六便士》呢?因为六便士在英国是很小的钱,就像中国五毛钱的硬币一样。作家毛姆借这部小说提出了一个问题,那就是:只要你低下头来,地上到处都可以捡到六便士,可你偏要抬头去仰望天上的月亮。事实上,对于艺术家来说,所期盼的,所要创造和展现的,就是天上的月亮。他

们不愿意把精力和人生花费在低头捡拾六便士上，这对他们来说毫无意义，简直是浪费生命。虽然没有这些六便士，他们可能挨饿，甚至可能被世俗的幸福所抛弃，然而，他们对于月亮的追求，却是天赋的召唤，是为整个人类发掘精神财富，代表了文化、文明和进步。我也是创作者，对于这本书，我的感触非常深刻，创作永远是孤独的、清苦的，是一种精神领域的探索，然而，创作者却是永远值得我们尊重和歌颂的。

切都取决于一个人如何看待生活的意义，取决于他认为对社会应尽什么义务，对自己有什么要求。

我总觉得大多数人这样度过一生好像欠缺点什么。我承认这种生活的社会价值，我也看到了它的井然有序的幸福，但是我的血液里却有一种强烈的愿望，渴望一种更狂放不羁的旅途。我的心渴望一种更加惊险的生活。

——《月亮和六便士》（苏福忠 译）

第四部分 《从地球到月球·环游月球》

小马哥：

安子，《月亮和六便士》还是有些沉重的，我们再来说一个轻松一点的作品吧？我们说说法国著名科幻小说作家凡尔纳的《从地球到月球·环游月球》吧。

安子：

好的。《从地球到月球·环游月球》是法国科幻作家儒勒·凡尔纳创作的长篇小说。凡尔纳一生创作了大量优秀的文学作品，被称作"科幻小说之父"，是世界上被翻译的作品第二多的名家，仅次于阿加莎·克里斯蒂，甚至位于莎士比亚之上。在法国，2005 年被定为凡尔纳年，以纪念他百年忌辰。

《从地球到月球·环游月球》讲的是巴尔的摩城大炮俱乐部主席巴比康，提议向月球发射一颗炮弹，以建立地球与月球之间的联系。当法国冒险家米歇尔·阿尔当听说这一消息后，就建议造一颗空心炮弹，他打算乘坐这颗炮弹到月球去探险。后来，巴比康、米歇尔·阿尔当和尼却尔船长克服了种种困难，终于在 12 月 1 日乘这颗炮弹出发。不过遗憾的是，他们没有到达目的地，炮弹没有在月球上着陆，却在离月球 4506 千米的地方绕月运行。于是，故事开始了……

特别值得一提的是，这本小说的第一个中文译本出版

儒勒·凡尔纳，19 世纪法国小说家、剧作家及诗人。

凡尔纳出生于法国港口城市南特的一个中产阶级家庭，早年依从其父亲的意愿在巴黎学习法律，之后开始创作剧本以及杂志文章。凡尔纳一生创作了大量优秀的文学作品，以《在已知和未知的世界中的奇异旅行》为总名称，代表作

于 1903 年，译者是我国著名文学家、思想家鲁迅。

小马哥：

安子，《从地球到月球·环游月球》后来呢？这几个乘坐炮弹到月球去的人到底经历了什么有趣的故事呢？

安子：

看来这本小说真的很有吸引力，连小马哥都忍不住想知道后来的故事。《从地球到月球·环游月球》是一部完整的太空历险记，从试验的由来和人们出发之前的准备工作，到成功发射。"炮弹车厢"发射之后，在太空开始了种种历险，到底他们经历了什么，我不能剧透。大家可以在中秋节看看这本小说，奇幻而惊险，还充满了科学设想，而且这些设想在今天，已一一得到验证，是作家非常伟大的预言。

不过我可以剧透几个人物：冷静的天才大炮发明家、巴尔的摩城大炮俱乐部的主席巴比康，他充满智慧；法国人米歇尔·阿尔当，正因为他的加入，整个计划发生了翻天覆地的改变，由原来的"炮弹发射"改为"炮弹车厢"，引起了极大的轰动。还有一个特别有趣的人物，就是可敬的大炮俱乐部的秘书梅斯顿。他大大咧咧、冒冒失失，却是整本书里最搞笑、最幽默的一个人物。

为三部曲《格兰特船长的儿女》《海底两万里》《神秘岛》，以及《气球上的五星期》《地心游记》等。他的作品对科幻文学流派有着重要的影响。

第五部分 《月亮宝石》

小马哥：

安子，最后，我们给大家介绍一下英国侦探小说家柯林斯的作品《月亮宝石》吧，相信很多年轻人对侦探小说感兴趣。安子，你也写悬疑小说，对这本书也一定很感兴趣吧。

安子：

《月亮宝石》是早期的侦探小说作品，诺贝尔奖获得者 T. S. 艾略特在《月亮宝石》的序言中称此书是"第一部最长和最好的现代英国侦探小说"。说到《月亮宝石》，就要说到它的作者威尔基·柯林斯。威尔基·柯林斯被誉为英国侦探小说之父，他在世界侦探小说史上占据了重要一席。他是第一个将短篇侦探小说引向长篇创作的作家，他塑造了一位机智、勇敢、真挚、善良的官方侦探——克夫探长。

小马哥：

安子，给我们讲讲《月亮宝石》究竟讲了怎样一个故事吧？

安子：

《月亮宝石》长达 40 万字，在破案过程中，分头叙

威尔基·柯林斯是英国文学史上第一位侦探小说作家，出生于英国伦敦。他 12 岁随父母移居意大利，15 岁回英国伦敦学习法律，并成为一名律师。1847 年，柯林斯开始了他所热爱的文学创作，受到当时英国的大作家狄更斯的赏识。柯林斯一生创作颇丰，不少作品都发表在维多利亚时代最风行的杂志《家常话》上，重要作品有《月亮宝石》《白衣女人》《新济良所》《一个流浪汉的一生》等。

述不同的故事，然后串联起来，散而不乱，错综复杂，非常见功力。

《月亮宝石》写的就是一块神秘的珍贵的宝石——一块被称为月亮宝石的印度珍宝，被英国侵略者占有，并被一位英国军官带回英国后发生的故事。当然，这块月亮宝石是被诅咒的宝石，谁拥有这块月亮宝石谁就会丢掉性命。故事的重点，在于这位军官立下遗嘱，将宝石赠送给自己的外甥女雷茜尔小姐。可这块宝石却被盗了，于是，寻找宝石的故事就此开始。

这部小说的好看之处在于，这个故事不是由一个人来叙述，而是由好几个人来叙述，他们分别是加布里埃尔·贝特里奇、克莱克小姐、马休·布罗夫、埃兹拉·吉宁士、富兰克林·布莱克、克夫探长。

其实，钻石盗窃案最初是由一个报复性的恶作剧引起的。坎迪大夫和高孚利·艾伯怀特为了报复富兰克林的出口不逊，由大夫配制了含有 25 滴鸦片酊的药剂，然后由高孚利·艾伯怀特把它掺进兑了水的白兰地酒里，端给富兰克林喝了。其实只是为了让富兰克林出丑。没想到富兰克林受到鸦片酊的影响，不知不觉地把钻石从雷茜尔的房间里拿走了。

高孚利·艾伯怀特发现富兰克林的表现非常不正常，就一直跟着他，直到他发现富兰克林拿走了钻石，就从富兰克林手里拿走了钻石。事实上，宝石的主人，也就是那位军官的外甥女雷茜尔，亲眼看见富兰克林拿走了钻石，她以为钻石已被富兰克林占有。雷茜尔深爱着富兰克林，她不愿在别人面前揭发他，所以一直保持沉默。

《月亮宝石》是柯林斯的侦探小说代表作，也是世界侦探小说史上的一部杰作。

《月亮宝石》写一颗钻石（月亮宝石）神秘失踪，后为探长克夫所侦破的故事，情节惊险曲折，结局出人意料。

作者在小说中大胆地披露了英国人在印度犯下的滔天罪行，要求英国人以人道主义精神面对世界。其中还不失时机地表达了自己的愿望，希望英国不要沦为被世界人民痛恨的国家，不要两手沾满无辜的老百姓们的鲜血。这部小说并没有对英国国内的政治给予直接的披露，而是通过数件沾满血腥的案件，有力地抨击了英国上层社会的领导者。

结果第二天，大家发现钻石不见了。富兰克林把警察找来，警察翻查了一番也没找到钻石。于是富兰克林请来了伦敦的神探克夫探长。克夫探长发现，雷茜尔房门的油漆，被什么人的衣物抹掉了一些。

有意思的是，在侦查期间，用人罗珊娜发现富兰克林的一件睡衣沾上了油漆。这名用人暗恋富兰克林，她怕富兰克林被揭发，就跑到街上买了一块跟富兰克林的睡衣质地一样的布料，赶紧缝制了一件睡衣。罗珊娜以为她这样做能换来富兰克林对她的关注和好感，可她对富兰克林暗示了两次，富兰克林都没明白，却被克夫探长发现两个人曾暗中见面。富兰克林当着克夫探长的面，说自己对罗珊娜一点好感都没有。于是克夫探长就怀疑罗珊娜是钻石盗窃案的帮凶。罗珊娜听富兰克林说对自己没有丝毫好感，心灰意冷，将富兰克林那件沾有油漆的睡衣放进一个铁皮盒里，用铁链把铁皮盒固定在沙滩的一块岩石下，然后写了一封信交给她的好朋友露西，请她把信交给富兰克林，然后跳进激流殉情了。

克夫探长后来又开始调查雷茜尔。雷茜尔的母亲维林达夫人为了维护女儿的名誉，就把克夫探长辞退了。

可一年后，月亮宝石竟然出现在伦敦一个叫卢克的放债人手里。高孚利·艾伯怀特向雷茜尔求婚，求婚成功后，雷茜尔却发现高孚利不过是为了钱，就解除了婚约。接着，富兰克林也回到了伦敦，他决心继续追查月亮宝石的下落。

他联系了律师马休·布罗夫，并通过律师，见到了雷茜尔。当雷茜尔告诉富兰克林，她亲眼看到他偷走了月亮宝石时，富兰克林一头雾水。终于，富兰克林拿到了一年前罗珊娜写给他的信和放在铁皮盒里的那件睡衣，他才逐渐开始调查自己在一年前到底经历了什么。

后来，富兰克林通过一个实验，证明了自己的清白，这个实验就是在服用鸦片酊后，重现一年前，从雷茜尔房里拿走钻石的经过。最终，他们找到了放债人卢克，发现了借债人就是伪善的高孚利·艾伯特……

小马哥：

好复杂的情节。

安子：

侦探小说的魅力，就在于情理之中、意料之外。

小马哥：

今天，我们给大家讲了几本和月亮、中秋节有关的图书，希望能够给大家的中秋节带来更多的书香气息，带来更多的知识和愉悦。最后，预祝大家中秋愉快。

安子：

祝大家阖家幸福，中秋团圆。

老无所依

No
Country
for
Old Men

布克奖小说奖得主

大鱼老爸

BIG FISH

[美]摩西奶奶

人生永远没有
太晚的　开始

Anna Mary Robertson

一个人的朝圣

[英]蕾秋·乔伊斯 著　黄妙瑜 译

欧洲首席畅销小说，热销5年不衰。
入围2012年布克文学奖

久久地打动英、德、美、法、挪威、瑞典、西班牙等38国读者的心
全球销量过4,000,000册，简体中文版销量过1,500,000册

这一年，我们都需要他安静而勇敢的陪伴

NO.10
10.19

解读经典，
品味重阳

作品

作品名	主角	作者
《老无所依》	莫斯、苏格和贝尔	科马克·麦卡锡
《大鱼老爸》	老爸和儿子威尔	丹尼尔·华莱士
《人生永远没有太晚的开始》	摩西奶奶	摩西奶奶
《一个人的朝圣》	哈罗德	蕾秋·乔伊斯

导语

有关重阳节的来历，据南朝梁人吴均之《续齐谐记》记载：传说东汉时，汝南县里有一个叫桓景的人，他住的地方突然发生大瘟疫，桓景的父母病死了，所以他到东南山拜师学艺。仙人费长房给桓景一把降妖青龙剑。桓景早起晚睡，披星戴月，勤学苦练。一日，费长房说："九月九日，瘟魔又要来，你可以回去除害。"并且给了他一包茱萸叶子，一瓶菊花酒，让他家乡父老登高避祸。于是他便离开回到家乡，九月九那天，他领着妻子儿女、乡亲父老登上了附近的一座山。把茱

重阳节刚刚过去两天，这几年，随着中国传统文化的弘扬，人们越来越重视传统节日。重阳节是每年的农历九月初九，"重阳"也叫"重九"。重阳是一个吉祥的日子。重阳节要登高祈福，还有晒秋、赏菊等活动。重阳节是感恩、敬老的节日，倡导全社会树立尊老、敬老、爱老、助老的风气。2006年5月20日，重阳节被国务院列入首批国家级非物质文化遗产名录。2012年12月通过的《中华人民共和国老年人权益保障法》中，规定每年的农历九月初九，也就是重阳节，为老年节，可见全社会的敬老已经提高到了法制层面。

茱萸分给大家随身带上，瘟魔则不敢近身。又把菊花酒倒出来，每人喝了一口，避免染瘟疫。他和瘟魔搏斗，最后杀死了瘟魔。于是百姓就有了重九登高的风俗。

解读

第一部分 《老无所依》

小马哥：

重阳节刚过，这一期的特别节目，我们请来了我们的老朋友——作家安子，一起解读经典，品味重阳。我国在 2000 年就进入老龄化社会，而且在今后的很长一段时期，我国的老年人口还将快速增长，解决老龄化所带来的一系列问题已经成了关乎国计民生的大事。国家把重阳节定为老年节、敬老节，也是营造和谐社会的需要，是民族精神的集中体现。

我们今天介绍的好书，不仅有大家熟悉的、获得 2008 年奥斯卡最佳影片奖的影片《老无所依》的原著《老无所依》，还有非常奇幻的、曾经获得过奥斯卡提名的影片《大鱼》的原著《大鱼老爸》，以及美国著名的画家摩西奶奶的作品《人生永远没有太晚的开始》。最后，我们将介绍《一个人的朝圣》。

好，让我们先请出我们的老朋友——作家安子。来，安子，先跟大家打个招呼吧。

安子：

听众朋友们好，小马哥好，又见面了，虽然重阳节已过，我还是要先对天下所有的老年人说一句，祝福你们晚年幸福，健康快乐。

小马哥：

安子，我们从哪本书开始呢？

安子：

就先说说《老无所依》吧。这本书是普利策小说奖得主科马克·麦卡锡的长篇小说。《老无所依》不能望文生义，这本小说讲述的不是老年生活，而是一个发生在 20 世纪 80 年代得克萨斯州西南部、美国和墨西哥边境的悬疑故事。这个故事中的主角也并不都是老年人，它所体现的，是对生命的思考，对宿命的感叹。

小马哥：

安子，给我们讲讲，《老无所依》究竟讲了怎样一个故事吧！

安子：

好的。《老无所依》写的是越战退伍老兵莫斯在野外狩猎时，意外发现了黑帮火拼的现场——一车毒品和 2400 万美元的现金，还有一个奄奄一息求救的男人。莫

《老无所依》的故事发生在 20 世纪 80 年代，地点在得克萨斯州西南部的美墨边境，人物主要有三个：莫斯、苏格和贝尔。莫斯是一名猎手，一名越战老兵。他在打猎时发现了一处枪战遗迹，遍地死尸，有一车海洛因，还有 2400 万美元的现金。钱被莫斯带走，匹此杀手苏格开始追杀拿走这笔巨款的莫斯。贝尔是警探，他已经人到中年，历经沧桑，他竭尽全力去保护莫斯，以及

斯带走了钱，回家拎了水，到火拼现场去给那个奄奄一息的人送水，不料却遇到了前来寻找巨款的杀手。从此，莫斯走上了一条惊险而恐怖的逃亡之路。

杀手苏格受雇追回这笔巨款，开始追杀莫斯。苏格是整本小说里最重要的角色之一，他凶残，梳着规整的蘑菇头，拎着灭火器一样的新式武器。他几乎杀死了遇到的每一个人，完全无视世间所有的法则，比如法律、道德。然而他有自己的原则，比如他到杂货铺买东西，和杂货铺老板猜硬币的正反面，杂货铺老板猜对了，他就真的放过了杂货铺的老板。苏格一路追杀莫斯，就是为了拿到那笔巨款。为了达到目的，任何人、任何事情都不能阻挠他。他的目的就是扫除障碍、拿到钱。莫斯死后，他因为遵守交通规则，在逃亡的路上被不遵守交通规则的汽车撞成重伤。

最值得一提的是这本书里年纪最大的主角，也就是警探贝尔。他一出场，就絮絮叨叨地控诉这个社会：旧时代的警官出门甚至不用带枪，现在的年轻人染着黄发、戴着鼻环，为一点事情人就能开枪杀人。然而他面对这个世界，却是无力的。他拼命追踪杀手，结果不过是跟着苏格来到一个又一个行凶地点。最终的结局，才是真正的老无所依，警探贝尔退休了，生活中剩下的，是一个最终没能获得保护的受害者和一个无法抓获的凶手。老无所依，宿命的轮回。

小马哥：

《老无所依》充满了对生命的感慨和对死亡的哀叹。

莫斯年轻的妻子，最终却还是无能为力。这本书在 2007 年被拍成电影，获得第 80 届奥斯卡奖的 4 项重量级大奖。

小说《老无所依》展示了美国社会中血腥、暴力、犯罪等阴暗面，抨击了特定社会历史背景下物欲横流、道德沦丧的反文明现象，并通过英雄缺失来表达对社会的无助感。许多美国人不相信英雄而崇拜金钱，说明他们认为金钱更能给他们带来生活上的安全感，政府或个人英雄都不值得信赖。然而作者麦卡锡仍希望通过寓言式的小说表达对美国社会回归和平、安宁的过去的向往，表达对拯救人类生命和灵魂、充满能量的英雄的期待。

《老无所依》采用干净利落、节奏明快的美国西南地区的方言与后现代派小说的碎片化语言。语言的"沙漠化"正好呼应了美国边境地区"老无所依"的真相。

安子：

是啊，在这本书里，还借老警探贝尔，写出了人生的轮回。贝尔做了两个梦，在第一个梦里，他比去世的父亲还老。父亲给了他一些东西，却被他弄丢了。第二个梦里，父亲骑马超过了他，手中的牛角火炬异常明亮，父亲一句话也没有说，纵马远去。这两个梦都有极强的寓意，每个人，在人生面前，都在传承，传承着过去，而每个人，终将远行，抵达那个终点。所谓的正义、真理，都没有时间和命运强大，无论是谁，无论是杀手还是警官，无一例外，都会到那个地方会合，那个地方，没有人能够绕过去。

而当下的一切杀戮和血腥，是这块土地上不正常的植物。正是因为这块土地的土壤出了问题，所以这个社会的道德开始慢慢瓦解，很多东西在慢慢消失，就像老人一般，无声无息，老无所依。

建议听众朋友们在看完《老无所依》这本书之后，有时间的话，可以看看科恩兄弟导演的影片《老无所依》。这部影片非常精彩，在2008年获得了第80届奥斯卡金像奖最佳电影、最佳导演等奖项，并获得第60届戛纳国际电影节金棕榈奖提名，非常扣人心弦，意味深长。

第二部分 《大鱼老爸》

小马哥：

　　安子，《老无所依》相对沉重，接下来我们讲一个轻松一点的作品吧。《大鱼老爸》是不是轻松愉快很多？

安子：

　　没错，《大鱼老爸》充满了奇幻色彩，很温暖，很感人。《大鱼老爸》是英国作家丹尼尔·华莱士的畅销小说，这本书很有意思，讲述的是一个爱吹牛的老爸的一生。这个老爸从儿子威尔小的时候到儿子结婚，一直在给儿子讲自己的奇幻经历。他一直在炫耀曾经遇到过一只大鱼，那只大鱼传说是溺死在河里的窃贼变成的。于是老爸就用自己的结婚戒指做鱼饵，吸引那只大鱼。不过儿子威尔始终不相信父亲的故事，因此对父亲逐渐产生反感。直到父亲在儿子的婚礼上，又一次端着酒杯，在众位亲朋好友面前夸夸其谈，讲起大鱼的故事时，儿子威尔和父亲彻底决裂。他三年没有再去看望父亲，甚至不和父亲通电话，所有有关父亲的消息，都是通过母亲的来信得到的。

　　三年后，母亲突然打来电话，她告诉威尔，他的父亲得了癌症，不久将离开人世，请他回家去见父亲最后一面。于是威尔和妻子重返故里，威尔再次听到了父亲的那些年轻时候的传奇故事。

　　威尔的父亲爱德华又一次叙述了自己年轻时的意气风

丹尼尔·华莱士，出生在美国亚拉巴马州伯明翰，现居于北卡罗来纳查佩尔山城，职业是插图师，《大鱼老爸》是他的第一部小说，也是成名作。蒂姆·波顿于 2003 年将其拍成电影《大鱼》，风靡全球。

发、野心勃勃，他一直想离开自己居住的小村庄，去体验一下大城市的生活。爱德华在旅途中，曾经遇到过一个老巫婆，一个巨人，一个叫作"幽灵城"的地方，一个晚上会变成狼人的马戏团老板，还包括一名有着两种不同性格但只有一个身体的中国歌手和一条谁也抓不住的"大鱼"。在讲述这些传奇的时候，爱德华也对儿子讲述了自己和妻子桑德拉的爱情故事——他如何遇到她，如何被她的美丽打动并向她求婚。

这一次，威尔还是发现大鱼老爸的故事里，有太多奇幻色彩，但是他却第一次发现，父亲的故事比自己从前认为的要真实得多。这些故事，只是父亲想要留存生命的激情和活力的一种方式而已。

最终，在大鱼老爸爱德华生命的最后一刻，他获得了儿子的尊重和理解。威尔最后为父亲讲述了一个真实的故事，那就是，爱德华将会在深爱着他的亲人的环绕中，安详地逝去。

小马哥：

非常温馨的一个故事，《大鱼老爸》1998 年出版，2003 年被拍成电影《大鱼》。影片《大鱼》获得第 76 届奥斯卡有关奖项的提名，是非常好看的一部影片，奇幻、抒情而温暖。

安子：

影片《大鱼》非常好看，不过我还是建议大家看看小说《大鱼老爸》，毕竟影片压缩了这本极具细节性的书，

摘录：事情愈艰难，最后愈能得到丰厚的果实。

一个人不停述说着自己的故事，让他自己也成了故事本身。故事在他死后继续流传，那样，他也变得永垂不朽了。

金鱼待在小鱼缸里永远不会变大。若有更多空间，它们将会数倍成长。

——《大鱼老爸》
（杨全强　译）

仅存情节框架，细节并不像书中那样完璧。在《大鱼老爸》中，那个热爱自由、常年不在家的大鱼老爸，终其一生都在给儿子讲述自己在外冒险的故事，巨人、大风雪、城镇、连体歌手和数不清的笑话。

其实老爸讲述的，并不都是真的，然而父亲却永远在给儿子讲述大鱼的故事。他所表达的，是一种激情，一种爱恋——对人生的爱恋、对孩子的爱恋、对世界的爱恋。就在父亲的一生就要过去的时候，儿子终于走进父亲的世界。最后，在河边，在儿子面前，父亲变成了一条大鱼，游走了。

在这本书的扉页上，写着这样一句话：不要相信真的，要相信你所爱的。

小马哥：

是啊，从小，我们都是听着童话故事长大的，故事里那些虚幻的美好曾经带给我们太多神奇的向往。等我们长大些，就会明白，那些都是大人们充满爱意的假话，也许开始会较真，后来，我们终究会明白我们的"大鱼老爸"。

安子：

是啊，小时候父亲就是我们的超人，有任何不懂的问题和"十万个为什么"，他都能一一解答，小时候父亲是无所不能的，是我们崇拜的对象；长大后渐渐地，我们有了自己的看法和观点，却发现原来父亲也不是什么都会啊，他也和我们一样是个普通人。小时候，父母是我们依赖的对象；长大成人后，我们有了自己的世界，常常就忽略了

和父母之间的沟通，忽略了距离我们最近的、陪伴我们一生的亲情。

人生最大的遗憾就是子欲养而亲不待，谁没有和父母吵过架呢？所有的矛盾都会随着时间的流逝而释然。小时候，父母陪我们长大，牵着我们的手；现在该是我们陪他们留住光阴，紧紧握住他们的手的时候了。

《大鱼老爸》让我想起龙应台在《目送》中的一段话："我慢慢地、慢慢地了解到，所谓父女母子一场，只不过意味着，你和他的缘分就是今生今世不断地在目送他的背影渐行渐远。你站立在小路的这一端，看着他逐渐消失在小路转弯的地方，而且，他用背影默默告诉你：不必追。"

不过我还想加上一句，多少年后，最终，我们必将再次见面，在那个叫作终点的地方。

摘录： 河里最大的鱼永远不会被人捉到。

人们说当你遇上你的挚爱时，时间会暂停。真的是这样。但人们没有告诉你，当时针再度恢复转动，它会无比飞快，让人无法走上。

我是一条属于天空的鱼，因为我相信，总有一个人，在天空等待。
——《大鱼老爸》
（杨全强 译）

第三部分 《人生永远没有太晚的开始》

小马哥：

安子，那么温暖的《大鱼老爸》，还是快要被你说哭了，我记得有首歌唱道："如果全世界我也可以放弃，至少还有你值得我去珍惜。"很多人把这首歌当情歌唱，其实真的值得珍惜的，是亲情。不管我们走到那儿，不管我们长到多大，永远不会变的，永远值得珍惜的，就是亲情。

安子，今天的节目很让人感慨啊，然而夕阳也是很灿烂的，也有很多老人，将自己的晚年活得非常非常精彩。下面，我们就介绍这样一位老人和这样一本书，《人生永远没有太晚的开始》，算是老年人的励志书吧，非常鼓舞人心。

安子：

说到《人生永远没有太晚的开始》，可能很多人不知道，但是说到这本书的作者摩西奶奶，很多人都有所耳闻。摩西奶奶是全球著名的风俗画画家，是美国家喻户晓的老奶奶，典型的大器晚成的代表。摩西奶奶在她76岁之前，都在农场里刺绣，直到76岁，因为关节炎，不得不放弃刺绣，开始画画。然而就是这样一位老太太，在80岁的时候，在纽约举办了个展，引起了巨大的轰动。在10年后，也就是摩西奶奶90岁的时候，她的画作开始在美国及欧洲畅销。而在摩西奶奶100岁的时候，启蒙了日本青

安娜·玛丽·摩西(1860—1961)，大器晚成，成为美国著名的、最多产的原始派画家之一。她对自己了如指掌的农场生活的描绘可谓驾轻就熟。2014年11月中国首次出版摩西奶奶随笔作品《人生永远没有太晚的开始》。2015年3月出版的《人生随时可以重来》，是国内最全面、最准确介绍摩西奶奶一生的作品。

年渡边淳一。渡边淳一正是因为受了摩西奶奶的鼓舞，最终成为一代文学大家。摩西奶奶在 20 多年的绘画生涯中，创作了 1600 幅作品，作品在世界各地的博物馆都有展出。摩西奶奶在 101 岁时离开了这个世界，她去世时，当时的美国总统肯尼迪致悼词，称其为"深受美国人民爱戴的艺术家"。

小马哥：

摩西奶奶真的是一个传奇的老奶奶，她把自己活成了一部史诗，一座丰碑。

安子：

是啊，摩西奶奶在世界各地都享有广泛的声誉，虽然她一生都没有接受过正规的艺术训练，但是她对美的热爱，对艺术的执着，让她爆发了惊人的创作力。半个世纪以来，摩西奶奶的画作穿越了国界，感动了全世界的人。她的故事，给全世界的年轻人带来最纯净的心灵启迪，不管什么样的文化背景，所有的人，都为摩西奶奶所感动、所激励。

《人生永远没有太晚的开始》是摩西奶奶的一部人生哲学随笔，是一部写给千万年轻人的心灵励志散文。我前几天还跟好几个朋友说，我这周节目要介绍的书，有一本就是《人生永远没有太晚的开始》。真的，不管什么时候，你都不要抱怨人生，都不要放弃希望。你再老，有摩西奶奶老吗？只要你愿意，什么时候开始都不算晚。

回到这本书，《人生永远没有太晚的开始》精选了近百张摩西奶奶非常经典、非常治愈的绘画作品，每一幅作

语录：生活赋予了我什么，便接受它，并且用力让自己生活得更好。

"害怕来不及"不能成为不作为的借口。

倘若一时受挫或失败，你可以允许自己焦虑、烦闷，时间到了，便收拾情绪，重新出发。

为心的欲求减少了，活着也就简单了。

——摩西奶奶

品都散发着轻松乐观的精神，展示出世界的美好和善良。摩西奶奶诗一样迷人的语言，将她质朴无华的人生智慧和富有传奇色彩的人生经历娓娓道来，给迷茫、不安甚至绝望的现代人最真诚的心灵启示。

在这里，我借用摩西奶奶的话，在今天的节目里，激励所有的听众：不要给自己找借口，做想做的事，永远也不晚，哪怕你已经 80 岁了。你最喜欢做的那件事，才是你真正的天赋所在。

愿人生永远没有太晚的开始，愿每个人重新发现自我，认识自我，收获内心的宁静，淡定从容地过好每一天。

小马哥：

这本书是今晚最让人鼓舞、最让人振奋的一本书了。

安子：

没错，人生永远没有太晚的开始，做你自己真正喜欢的事情，上帝会很高兴地帮你打开成功之门，哪怕你现在已经 80 岁。

就拿小马哥您举例子，我看过您出版的新书《我走了很远的路，才来到你的面前》，非常感动。也许我们没有天才般的智慧和天赋，也无法像天才一样在很短时间内绽放出耀眼而夺目的光芒，但我们总有自己最喜欢做的事情，永远都不要给自己找任何借口，只要我们一步步向前走，做想做的事情，总有一天，我们会有所收获。

语录： 生活是我们创造的，一直是，永远都是。

你只需做最好的自己。

有些路，走的人多了，似乎平坦；而有些路，罕无人迹，充满未知。有些路，你不走下去，永远不知道它有多美。

有人总说，已经晚了。实际上，现在就是最好的时光。对于一个真正有所追求的人来说，生命的每个时期都是年轻的、及时的。

——摩西奶奶

小马哥：

安子，你今天介绍的这本《人生永远没有太晚的开始》真的特别好，不管什么年龄，都应该好好看一看。

安子：

是啊，我是创作者，正因为喜欢写作，才可以每天不出门，独自一人待在房间里苦思冥想，享受手指在键盘上敲击的乐趣，才可以在夜深人静的时候，守住心灵的堡垒，构建书中的世界。而舞蹈家，也正因为喜欢舞蹈，才可以每天坚持练习，才可以在空旷无人的房间里舞出自己最灵动的舞步，跳出最美的弧度。而旅行家，也正因为喜欢旅行，才可以顶着烈日去登上最陡峭的山峰，冒着暴风雪的袭击去看最美的极光。

人生永远没有太晚的开始，喜欢、行动、坚持，才是我们应有的人生。

第四部分 《一个人的朝圣》

小马哥：

安子，我觉得今天的节目，是你最近几期节目中，做得最有激情的一期。最后，给我们讲一下《一个人的朝圣》吧。

安子：

为什么有激情？因为我一直在思考人生，在书写人生。我的悬疑小说《白夜救赎》已经全国上架，听众朋友们可以从各大网站买到，在我的小说里，我一直在书写亲情，书写温暖，当我们的目光回归家庭，回归亲情的时候，才是我们真正成熟的时候。而最终，我们都要面对"一个人的朝圣"。

《一个人的朝圣》是英国作家蕾秋·乔伊斯的长篇小说，这本小说讲述了一个退休老人为探望病危友人而独自踏上漫长旅程的故事。说实话，这本小说一开始就让我觉得沉重，想落泪。一位老人，为了另一位老人，开始了一场毫无计划的徒步旅行。这场旅行的目的只有一个——看望她，并且让她"等着他"。对于年轻人来说，"等着"可能是十分钟、半小时、一小时、几天，然而对于迟暮的老人来说，"等着"却可能意味着一天、一个星期、一个月，直到最后。

而这本书的主人公，65岁的退休老人哈罗德，在徒

蕾秋·乔伊斯，英国资深剧作家。写了20年的广播剧本，曾活跃于舞台剧界，拿过无数剧本奖。《一个人的朝圣》是她的处女作，畅销数十个国家，入围2012年"布克奖"。

步去探望病危友人的旅途中，探索了自己的过去、自己的内心、自己曾经遇到过的人和事，他走了整整 87 天，徒步行走了 1009 千米。他的旅行，是一场颇具生命意义的旅行，一场一个人的朝圣。在这 87 天里，他和一直在寻找他的妻子，都实现了一场自我救赎。他们重新审视了现实的命运，审视了彼此的情感，从而对人生、对爱、对生命，大彻大悟，放弃了旧有的纠葛和隔阂，直面了这 20 年来，彼此都不愿面对的内心世界，发现了彼此之间的深爱，发现了 20 多年来一起风风雨雨的真相。最后，妻子莫琳决定开车去接丈夫回家，而她也见到了老朋友的安详离世。

小马哥：

这本书非常适合重阳节阅读。走到了像《一个人的朝圣》中老人哈罗德一样的年龄，一定有很多故事，很多过往不能释怀。然而真正面对人生的晚景，所有的不能释怀，总要通过一场救赎而最终释怀。

安子：

是啊，书中的主角、老人哈罗德在旅途中，回忆童年时母亲离家出走，自己受尽旁人的冷眼和嘲笑；回忆父亲自甘堕落，无数"阿姨"来到家里；回忆自己 16 岁时被父亲赶出家门……直到后来，自己结婚后，儿子抑郁自杀。人生的种种经历、所有的痛苦，都像一场场噩梦，让他痛苦不已，难以解脱。

然而在他跨越整个英格兰的旅途中，他却在一次次的回顾中，感受到了这些噩梦背后那些点滴的温暖，那些来

摘录：或许人就是这样，越害怕什么，就越容易被什么吸引。

走在通往码头的路上，真相如刺破黑暗的光线袭来。

他明白了，在弥补自己错误的这段旅程中，他也在接受着陌生人的不可思议。站在一个过客的位置上，不但脚下的土地，连其他的一切都是对他开放的。

——《一个人的朝圣》（黄妙瑜 译）

自亲人的爱。哈罗德的妻子，则在年迈的哈罗德横跨整个英格兰时，走了一场横跨自己大半个人生的心灵之旅。

这是一场一个人的朝圣，同时也是每个人内心的朝圣，不管我们到什么年龄，都可以有一场一个人的朝圣。我们所经历过的痛苦、磨难和困境，都会随着岁月的消逝而逐渐淡化。然而在心灵朝圣的道路上，我们必然要在这些痛苦和磨难之后成长。就算身体已经老迈，可心灵依旧可以解除曾经的禁锢和羁绊，通过朝圣而感受到温暖，感受到爱，从而重生。

每个人都需要一场心灵的洗涤，如果有可能，即便无法逃离朝九晚五的生活，去来一场像哈罗德那样漫长的旅行，我们也一样可以通过心灵的旅行，逐渐了解自己，正视自己的优点和不足，重新感受生活中所有的美好和温暖，更加坚定、更加从容地走向未知的人生。

摘录： 没有爱的生活不是生活。

去接受一些你不了解的东西，去争取，去相信自己可以改变一些事情。

珍惜语言的真情实意，不要拿它们当武器来使。
——《一个人的朝圣》（黄妙瑜 译）

No.11.
11.17

感恩阅读，
品味书香

作品

作品名	主角	作者
《当幸福来敲门》	克里斯和他的儿子	克里斯·加德纳
《神奇校车——第一次感恩节》	卷毛老师的班级	乔安娜·柯尔
《辛德勒方舟》	辛德勒	托马斯·肯尼利
《爱的教育》	四年级男孩安利柯	艾得蒙多·德·亚米契斯
《日月颂歌》		凯瑟琳·帕特森改编，帕梅拉·道尔顿绘

导语

感恩节源于西方，但感恩文化也在中国源远流长。感恩是中华民族的传统美德。是中国历来推崇的普世价值。在博大精深的中华传统文化中，感恩文化始终占据着一个十分重要的地位。"投之以桃，报之以李""谁言寸草心，报得三春晖""衔环结草，以报恩德""士为知己者死""重恩义，富贵不移"等，无不体现着感恩思想。鲁迅先生则说："感谢命运，感谢人民，感谢思想，感谢一切我要感谢的人。"

亲爱的听众朋友们，下一周就是感恩节了。感恩节是美国独创的节日，定在每年11月的第4个星期四，如今，美国、加拿大、埃及、希腊等国家都过感恩节。在中国，很早就有感恩教育，比如大家都知道的"滴水之恩，当涌泉相报""乌鸦反哺，羊羔跪乳"，因此中国有学者倡议设立"中华感恩节"，以弘扬中国的传统文化。今天就让我们一起了解5本和感恩有关的图书，体会感恩，品味书香。

解读

第一部分　《当幸福来敲门》

小马哥：

前几年有首歌特别流行，歌名是《感恩的心》。我们活在这个世界上，不仅要感谢父母、家人、朋友、同事，还要感谢自然的馈赠、万物的滋养。感恩是一个非常重要的话题。下周就是感恩节了，让我们借此机会，给大家介绍 5 本和感恩有关的图书，在书香里体会人生的温暖。

今天，我们依旧请来了我们的老朋友——作家安子。安子，来和大家打个招呼吧。

安子：

听众朋友们好，小马哥好。先预祝大家感恩节快乐。

小马哥：

说到感恩，其实很多文学作品表达了对世界的感恩之情，比如我们熟悉的诸葛亮的《后出师表》，里面就有一

句——"鞠躬尽瘁，死而后已"，就是臣子对君主的感恩之情。

安子：

是的，中国的古诗里，有很多表达感恩之情的。比如"谁言寸草心，报得三春晖"，再比如"乌鸦反哺，羊羔跪乳"。幼儿园的孩子们每天朗诵的感恩词，就是对天地万物的感谢。今天给大家介绍的第一本书，一本被翻拍成电影并获得 2007 年奥斯卡金像奖最佳男主角提名的电影原著《当幸福来敲门》。

这本书是美国著名黑人投资专家克里斯·加德纳生平的真实写照。主人公用生命诠释了责任和奋斗，以及如何去实现梦想，永不放弃梦想，永远奋力前行。根据这本书改编的同名电影获得了极大的好评，《纽约时报》说："这部影片是现实世界的童话。"

小马哥：

安子，这本书讲的究竟是怎样一个故事呢？

安子：

说到这本书，我的内心非常感动，我不能忘记主人公带着儿子颠沛流离地生活，也不能忘记主人公为了给自己和儿子找到晚上过夜的地方，下了班就拼命跑到教堂门口去排队的镜头。

简单地讲，这本书讲了濒临破产、老婆离家的落魄业务员克里斯，拼命努力，一边寻找工作，一边照顾自己年

摘录：如果你有梦想，就要守护它。

有了目标就要全力以赴。

别让别人告诉你你成不了才，即使是我也不行。

当人们做不到一些事情的时候，他们就会对你说你也同样不能。

幸福里面没有为什么，只有我。

——《当幸福来敲门》（米拉 译）

仅 6 岁的儿子的故事。他奋发向上，成为股市交易员，最后成为知名的金融投资家。

克里斯是生活在旧金山的黑人，他原本靠做推销员养活老婆和年幼的儿子。当然他从没觉得日子过得很幸福，也没觉得很痛苦，他和美国千万普通男人一样，过着平淡的生活。直到有一天，一系列突如其来的变故，才让克里斯知道，原来平淡的日子有多珍贵。

首先，公司裁员，他丢了饭碗。然后他去做医疗器材推销，却屡遭不顺，还丢了昂贵的医疗器械。他的妻子，因为无法忍受长期的贫困而离家出走，并且带走了 6 岁的儿子。可没多久，妻子又把儿子还给了克里斯，从此克里斯不仅要面对失业的困境，还要独立抚养儿子。

后来，克里斯因为长期拖欠房租，被房东赶出家门，他不得不带着儿子流落街头。在接下来的两三年里，这对贫困的父子住过纸皮箱，住过公共卫生间，住过廉价旅馆、公园、火车站的厕所，以及教堂的避难所。

克里斯甚至连一双皮鞋都买不起，连一顿像样的饭都吃不起，然而，不管怎么难，他还是拼命寻找工作，并力求把所有的困难，为儿子做一个快乐的解释。

后来，克里斯在停车场遇见一个开高级跑车的男人，克里斯问他做什么工作才能过上这样的生活。男人告诉他自己是做股票经纪人的，克里斯从此决定，也要做一名出色的股票经纪人，和儿子过上好日子。

就这样，完全没有股票知识的克里斯，靠着毅力在华尔街一家股票公司当上了学徒，头脑灵活的他很快就掌握了股票市场的知识，随后开了自己的股票经纪公司，最后

摘录： 那些嘲笑你梦想的人，因为他们必定会失败，他们想把你变成和他们一样的人。我坚信，只要我心中有梦想，我就会与众不同，你也是。

幸福自己回来敲门 生活也能得到解脱。

我是这样的人，如果你问的问题我不知道回答，我会直接告诉你"我不知道"。但我向你保证：我知道如何寻找答案，而且我一定会找出答案的。
——《当幸福来敲门》（米拉 译）

成为百万富翁。

克里斯经历的挫折，让所有人看到都忍不住落泪，然而他和儿子每次都能相拥共度最难的时光。儿子是他最大的动力，父子相携走过了人生最艰难的岁月，也最终实现了人生的成功。

小马哥：

很感人的故事。现实生活中，我们都应该像克里斯一样，感恩生活，努力前行，这让我想到另一部影片《幸福终点站》，也是一个男人在困顿中生存的故事，非常感人。其实只要我们珍惜生活，感恩一切，努力前行，总会找到人生的出路。

安子：

没错。

语录： 有时候幸福需要等一等。

有时候，你必须把规矩和数字放到一边，人才是最重要的。

人的一生就是一趟旅行，能够走到终点的人就能够得到幸福。

——《幸福终点站》

第二部分 《神奇校车——第一次感恩节》

小马哥：

安子，我们这期的专题是感恩节专题，那么有没有专门写感恩节的图书呢？

安子：

有，很多家长和孩子们都熟悉《神奇校车》，里面就有一本《第一次感恩节》。

小马哥：

哦？《第一次感恩节》？这本书讲了怎样的故事呢？

安子：

这本书讲的是，卷毛老师的班级要举办一场庆祝会，再现历史上第一次感恩节的情形。于是校车升到了空中，回到了从前，来到了海洋上空，看到了"五月花号"。接下来，校车变成五月花号，来到美洲，看到了土著居民，然后新移民还建了房子，种玉米，打猎。

卷毛老师带着大家乘坐神奇校车看到了第一次感恩节。

小马：

真是神奇的旅程。

感恩节的由来可以追溯到1620年，当时印第安人帮助了当时冬天食物短缺的新移民的居民，为他们送去生活必需品，并教会移民们捕鱼狩猎、耕作饲养等技能。一年后，新移民收获满满，邀请印第安人庆祝，这就是历史上第一个感恩节。1941年美国国会正式将每年11月第4个星期四定为感恩节。

安子：

　　《神奇校车》非常神奇，校车开来开去，上天入地，带孩子们去认识神奇的世界。

　　感恩节是美国的传统节日，节日的目的是感谢生命中遇到的一些人和事。感恩节这一天，美国举国上下热闹非凡，有许多戏剧表演、化装游行、体育比赛。

　　由卷毛老师带着，这个旅程一定是非常神奇。卷毛老师穿着古怪的衣服和鞋子，戴着翠绿色的蜥蜴耳环，把校车开得上天入地。

　　卷毛老师从来不按常理出牌，深受孩子们的喜欢。她没有一次能踏实地在教室里坐住了讲点儿什么，成天换着花样带孩子闯荡江湖，如果真的有这样的老师和这样的神奇校车，没有一个孩子不天天嚷着要去上学。

　　1986年，自神奇校车系列的第一个故事《水的故事》诞生后，《穿越飓风》《地球内部探秘》《在人体中游览》等故事也陆续与读者见面。30多年过去了，《神奇校车》的家族队伍越来越壮大，它将奇特想象和抽象的科学知识完美融合，充满童趣，展示了一种另类的自然科学教育方式，成为全美乃至全球最畅销的儿童科普读物。进入中国以来，《神奇校车》也拥趸无数，被很多中国家长选作孩子的科学入门书。

第三部分 《辛德勒方舟》

小马哥：

安子，第二本咱们就看看澳大利亚最著名的当代作家托马斯·肯尼利的作品《辛德勒方舟》吧。这部作品被著名美国导演斯皮尔伯格改编成了电影《辛德勒名单》。

安子：

《辛德勒方舟》是经典之中的经典，是一部让全世界读者为之落泪的作品，永远闪烁着人忄的光芒。《辛德勒方舟》讲述了"二战"时期，军工商人辛德勒通过开设军需工厂，拯救大批犹太人免于被屠杀的故事。这部经典的澳大利亚小说被改编成电影《辛德勒名单》。电影一经上映便轰动了整个国际影坛，一路斩获各种奖项，囊括 7 项奥斯卡大奖，包括最佳电影奖、最佳导演奖、最佳配乐奖等。除此之外，该片还获得 7 个英国电影和电视艺术学院奖、3 个金球奖。

小马哥：

相信很多听众看过电影《辛德勒名单》。安子，来给大家讲一讲这个故事吧。

安子：

《辛德勒方舟》是以"二战"时期德国商人辛德勒的

《辛德勒名单》根据澳大利亚小说家托马斯·肯尼利所著《辛德勒方舟》改编而成，是 1993 年由史蒂文·斯皮尔伯格导演的一部电影。

影片再现了德国企业家奥斯卡·辛德勒与其夫人埃米莉·辛德勒在"二战"期间倾家荡产保护 1200 余名犹太人免遭法西斯杀害的真实历史事件。

真人真事为底本的一篇长篇纪实小说，也是我们所熟知的电影《辛德勒名单》的原著。

德国商人辛德勒是纳粹党员，在波兰和捷克经营军用餐具厂。二次大战开始后，他为了获取更大的利润，贿赂党卫军官员，雇用廉价的犹太工人，是一个典型的机会主义者。但是，当他亲眼看见了纳粹清洗犹太人区域，侮辱、折磨及肆意杀戮犹太人，他的良心震颤了。他开始想方设法帮助犹太人逃脱死亡的命运。

辛德勒打印了一份 1200 人的名单，以技术熟练为由，把这些犹太人成功转移到他在捷克布尔兹开设的兵工厂。在那里，辛德勒从黑市上购买食品来保障所有工人的生活，同时，他从其他工厂购买炮弹以应付德军，而自己的工厂却没有生产过一发合格的炮弹。到德国投降时，辛德勒已经为这些犹太人耗尽了自己所有的积蓄。

1963 年，以色列政府授予辛德勒国际义人称号。

1974 年 10 月 9 日，辛德勒逝世，依照他的意愿，他被安葬在耶路撒冷。

小马哥：

这是个非常感人的故事。

安子：

《辛德勒方舟》是人类文学史上的史诗级巨著，我至今还记得电影《辛德勒名单》里的那些镜头。辛德勒甚至把孩子都救了出来，理由是只有孩子的小手指才能制作精巧的零件。当最后犹太人感激他的时候，他却摘下自己的

《辛德勒方舟》讲述的是：1939 年 9 月，德军在两周内攻占了波兰，纳粹下令波兰全境的犹太人必须集中到指定的城市进行登记。每天有一万多名犹太人从乡村来到克拉科夫。刚从家乡来到克拉科夫的德国企业家奥斯卡·辛德勒在酒店及各种社交场合广泛结交德国军官和党卫军，为自己开设军工厂做准备……1943 年 3 月 13 日，克拉科夫的犹太人遭到惨绝人寰的大屠杀。为了保护犹太人免遭屠杀，辛德勒开始了一次又一次救援行动……

戒指，感叹自己没能多救一些人，一枚戒指，还能够多救一个犹太人。

这个时候，在辛德勒眼里，已经没有了犹太人和德国人的区别。所有的人在他眼里都是生命，他对生命的珍惜和救助，成就了 1200 名犹太人的生命。辛德勒的胸膛中，永远燃烧着人类不灭的良知。

《辛德勒名单》的导演斯皮尔伯格有着犹太血统，他希望这部影片能够唤起人们对惨剧的关注。他曾经说，不要让大屠杀成为历史的一个注脚。辛德勒是一个玫瑰花蕾，他比玫瑰花蕾还要神秘。他原本是要从战争中大发横财，根本没有计划去帮助犹太人。可是，忚知道大屠杀真的发生了，在良知的驱使下，他发生了转变。

小马哥：

生命是大自然对我们最大的馈赠，谁也没有权利剥夺他人的生命，对于生命的保护，就是对世界的感恩。辛德勒是犹太人的恩人，我记得影片最后，每个被救的犹太人，都在他的坟墓上摆上了一块石头。那个时候，我好希望有一天，我也能够亲手在辛德勒的墓碑上放上一块石头，悼念这位伟人。

安子：

辛德勒的确是一个伟大的人。《辛德勒方舟》在出版后，便获得当今英语文学界的最高奖项——布克奖，以及美国洛杉矶时代小说奖，引起了巨大反响。作者托马斯用纪实的语调，将整个故事和人物缓缓铺开，拨开沉重的历

1958 年，辛德勒获耶路撒冷大屠杀纪念馆颁赠的正义勋章，并被邀请在正义大道上植树。

1974 年 10 月 9 日，辛德勒去世。他被安葬在家乡的兹维塔齐尔山上，每年都有许许多多幸存的犹太人及其后代来祭奠他。

电影《辛德勒名单》中辛德勒拯救犹太人的部分已收入高中语文教材。

史雾霭，向我们还原了大屠杀时期令人窒息的环境和一个人对一群人的竭力拯救。作者展现了人性的担当和责任落实到具体的个体之后的张力，令我们不得不深入思考历史、历史中的个人命运，以及我们的当下和未来。

语录： 今天是历史时刻，今天将被永远纪念。

这份名单……就是生命。

因为你的善行，生命才得以传承下去。

当你挽救了一条生命就等于挽救了全世界。

什么是权利？当一个人犯了罪，法官依法判他死刑。这不叫权利，这叫正义。而当一个人同样犯了罪，皇帝可以判他死刑，也可以不判他死刑，于是赦免了他，这就叫权利！

——《辛德勒名单》

第四部分 《爱的教育》

小马哥：

　　说到感恩，其实就是"爱的教育"，对这个世界的爱以及回馈。

安子：

　　是啊，有本书就叫《爱的教育》，说的就是对孩子的爱的教育，教育孩子对世界充满爱，充满感恩。

小马哥：

　　安子，那就跟我们说一说《爱的教育》这本书吧。

安子：

　　《爱的教育》是意大利作家亚米契斯在 1886 年写的一部儿童小说。这是一本日记体的小说，以一个四年级男孩安利柯的视角，从四年级 10 月份开学的第一天，一直写到第二年 7 月份。记录了小学生安利柯 9 个月的四年级生活。爱是整篇小说的主旨，在最平实的文字中，融入了种种人世间最伟大的爱：老师之爱、学生之爱、父母之爱、儿女之爱、同学之爱……每种爱都不是惊天动地的，但都感人肺腑。

　　整部小说以一个小学生的眼光审视身边的美与丑、善与恶，用爱去感受生活中的点点滴滴。

　　《爱的教育》原名《一名意大利小学生的日记》，是由艾得蒙多·德·亚米契斯的儿子的日记改编的。这是一本日记体小说，以一个四年级男孩安利柯的视角，讲述了从三年级 10 月份开学的第一天到第二年 7 月份在校内外的所见、所闻和所感。全书共 100 篇文章，包括发生在安利柯身边各式各样感人的小故事，还包括父母为他写的许多劝诫性的、具有启发意义的文章，以及老师在课堂上宣读的 9 则感人肺腑的每月故事。通过塑造一个个看似渺小，实则不凡的人物形象，在读者心中荡起一阵阵情感的波澜，使爱的美德永驻读者心中。

这本书一共有 100 篇文章，包括发生在安利柯身边的各式各样感人的小故事，还包括父母和姐姐在他的日记本上写的启发性的文章，以及老师在课堂上宣读的精彩的每月故事。

特别值得一提的是，这本书从 1886 年诞生到现在，始终畅销不衰，还多次被改编成动画片、电影、连环画，影响遍布全世界。

小马哥：

《爱的教育》是一部极富感染力的儿童小说，它通过一个小学四年级学生写的日记，抒发了人类最伟大的感情——爱。

安子：

是的，本书讲述了无数个发生在学校和生活中的小故事，它告诉我们的小读者：一个人从小不仅要学好各种文化知识，还要学习比这更重要的东西，那就是对祖国、对家乡、对人民、对父母、对师长、对同学、对周围所有人的爱与尊重。书中的每一个故事都让人动情，字里行间洋溢着儿童的纯真与情趣。

这里，摘录几句《爱的教育》里的语句，相信不仅对小朋友们来说是有价值的，对听众们来说也是有价值的。

"要坚强，要勇敢，不要让绝望和庸俗的忧愁压倒你，要保持伟大的灵魂在经受苦难时的豁达与平静。"

"不要让嫉妒的蛇钻进你的身体里。要知道，它会腐蚀你的心灵，吞噬你的灵魂。"

《爱的教育》到目前已有 100 多种文字的译本，是一部最富爱心及教育性的读物，是世界公认的文学名著，是一部人生成长中的"必读书"。

不仅如此，本书实际上还涉及 9~13 岁孩子日常生活的方方面面。可以使孩子了解到如何为人处世，如何成为一个有勇气、充满活力、正直的人，一个敢于承担责任和义务的人——不仅是对家庭，还包括对社会的责任和义务。

《爱的教育》中《少年笔耕》《小抄写员》《寻母三千里》等篇目尤为知名。

《小抄写员》被选入北京师范大学版、人教版六年级语文教材；《卡罗纳》《争吵》被选入人教版语文教材。

夏丏尊先生在翻译《爱的教育》时说过这样一段话："教育之没有情感，没有爱，如同池塘没有水一样。没有水，就不成其池塘，没有爱，就没有教育。"由此可见，《爱的教育》不仅能教育孩子，而且能教育那些正在教育别人的人。

第五部分　《日月颂歌》

小马哥：

安子，在给孩子们看的书中，是不是也有不少与感恩有关的书呢？

安子：

是的，比如绘本《日月颂歌》。《日月颂歌》是美国当代作家凯瑟琳·帕特森改编的诗歌，由美国画家帕梅拉·道尔顿配画，荣获"2011 年《纽约时报》十佳童书"的荣誉。《日月颂歌》这首诗歌的原作者是意大利基督徒圣·法兰西斯。他在 1224 年，写下了这首赞美诗，赞颂他在家乡意大利时所经历的故事。圣·法兰西斯用家乡平实的语言赞美自然的宽宏，赞美太阳、月亮、风和火，也赞美群落、家庭、工作以及冥想。

圣·法兰西斯因虔诚的信仰、谦卑的品格以及仁爱的胸怀，成为一位"圣徒"。连恩格斯都曾经这样评价："如果每个人都和圣·法兰西斯一样，世界就不需要革命了。"

《日月颂歌》是一首"生灵赞美诗"，它的配图非常奇妙，是古朴的剪纸技法的插画。这本书非常漂亮，读者们会忍不住伸手去触摸每一笔每一画，就像这一笔一画里，都流淌着感恩的生命。

凯瑟琳·帕特森曾获得两次纽伯瑞金奖和两次美国国家图书奖。除此之外，她还于 1998 年获得国际安徒生奖，于 2006 年获得林格伦文学奖。她的作品反映了她对其刻画的主人公和主人公所处的世界报以的坚定信念，以及对读者的尊重。

小马哥：

安子，那么，《日月颂歌》到底写的是什么呢？给我们读几句吧。

安子：

好。

日月颂歌

凯瑟琳·帕特森 改写

帕梅拉·道尔顿 图

王芳 译

天地的主宰，

我们要为你献上颂歌。

你的力量与博爱创造万物，

并赋予它们高贵的品德。

我们要为太阳献歌，

赞美它将光明撒播。

它时刻提醒我们，

是你赐予了光和热。

我们要为日月献歌，

是它装点了静谧的夜色。

虽然世界已沉沉睡去，

它们的眼睛却依然闪烁。

帕梅拉·道尔顿熟练掌握剪纸技艺超过25年。剪纸的历史可以上溯到16世纪的德国和瑞士。18世纪，来自德国的移居者将这一技艺带到了美国。《日月颂歌》是帕梅拉为孩子创作的第一本书，其中的每一幅插画都是从一张纸上剪下来的。

我们要为风儿献歌，

无论它猛烈或是柔和。

它的怒吼彰显你的威严，

它的轻抚代表你的温和。

我们要为空气献歌，

即使它看不见又无法触摸。

它时刻在我们身边萦绕，

没有它便不能呼吸无法生活。

后面还有为流水献歌，为火焰献歌，为大地献歌，为宽容的人献歌，为死亡献歌等。最后是万物的主宰，我们要为你献上颂歌，祈祷我们能永浴你的爱河。

小马哥：

《日月颂歌》是一本教孩子爱、感恩与珍重的书。

安子：

是啊，我们所在的这个世界，星河璀璨，海洋浩瀚，山川秀丽，原野广袤，都值得我们由衷地叹服。斗转星移，万流归海，草木枯荣，春华秋实，代代繁衍，生生不息，都值得我们无比感恩。就连我们的生命与身体、思想与灵魂，这些奇妙的存在，都值得我们虔诚地珍视。

在感恩节来临之际，让我们对这个美丽的世界心怀关爱、敬畏和感恩之情，因为它是人类和所有生物共同的家园。

《日月颂歌》的原作者意大利基督徒圣·法兰西斯家庭富有，父亲是一个唯利是图的布匹商，母亲是一位信仰虔诚的妇女。圣法兰西斯后来把所有财产都分给了穷人，一生效法耶稣，服侍麻风病人和贫穷的人，服务于社会最底层，对人和动物都极度关爱。

No.12
1.26

盘点 2018 年最值得推介的 5 本好书

作品

作品名	主角	作者
《自在独行：贾平凹的独行世界》	贾平凹	贾平凹
《小偷家族》	阿治一家人	是枝裕和
《2018》	"我"和女友	刘慈欣
《教父》	柯里昂家族	马里奥·普佐
《希腊棺材之谜》	埃勒里·奎因	埃勒里·奎因

导语

每年都有很多优秀的图书问世，各种类别的图书丰富了我们的精神世界。2018年的好书，我们也做过盘点。那么2018年最值得一读的文学类好书，有哪些呢？

今天，我们就给大家介绍5本在2018年热销的好书，它们分别是中国作家贾平凹的散文集《自在独行：贾平凹的独行世界》；日本导演是枝裕和创作的、获得戛纳金棕榈奖的日本电影《小偷家族》的同名原著小说；曾以《三体》获得雨果奖的中国作家刘慈欣的中短篇小说集《2018》；美国埃勒里·奎因的《希腊棺材之谜》；最后是大家非常熟悉的、在小说热卖榜上一直名列前茅的美国作家马里奥·普佐的经典小说、改编后荣获第45届奥斯卡和第47届奥斯卡最佳影片的《教父》系列。

语录： 作品的深刻与否并不建立在胆子的大小，作家的文采才华，同样也不等于嚣喧汹汹。

——贾平凹

所谓阅历，不是要走遍千山万水，而是在平淡中体味生活的苦涩。

——刘慈欣

痛苦不像死亡那样无可挽回。

——《教父》

（姚向辉 译）

解读

第一部分《自在独行: 贾平凹的独行世界》

小马哥:

亲爱的听众朋友们, 关于 2018 年的好书, 我们之前也做过一些节目。今天, 我们请来了我们的老朋友安子, 在岁末年初之际, 为我们盘点 2018 年最值得一读的好书。

安子, 今天我们给听众朋友们介绍 5 本书, 我们先从哪一本开始呢?

安子:

从作家贾平凹的《自在独行: 贾平凹的独行世界》说起吧。贾平凹, 很多听众都熟悉, 早在 20 世纪 90 年代, 他的作品《废都》就红遍了中国的大街小巷。贾平凹荣获过鲁迅文学奖、茅盾文学奖、施耐庵文学奖、美国美孚飞马文学奖、法国费米娜文学奖、法兰西文学艺术荣誉奖。他在 20 世纪 90 年代创办的《美文》杂志, 影响了一代文学青年。他是我国屈指可数的文学大师, 也是当代中国可

贾平凹，1952年出生于陕西丹凤县棣花镇，1974年开始发表作品。1975年毕业于西北大学中文系。现为中国作家协会副主席、陕西省作家协会主席、西安市文联主席、《延河》《美文》杂志主编。出版作品有《贾平凹文集》24卷，代表作有《废都》《秦腔》《古炉》《高兴》《带灯》《老生》《极花》《山本》等长篇小说16部。中短篇小说《黑氏》《美穴地》《五魁》及散文《丑石》《商州三录》《天气》等。作品曾获得国家级文学奖5次，即"茅盾

以载入世界文学史册的文学家之一。

说实话，我也很多年没有看过作家贾平凹的作品了，然而当年他的《秦腔》至今在我脑海里留有印象。这本《自在独行：贾平凹的独行世界》，则让我重新认识了贾平凹先生。

这是贾平凹执笔40年来一本高水准的散文精粹，这本书的宣传语是这样写的："研磨孤独，收获自在，致每个孤独的行路人。"我还曾经受此启发，给小马哥在2018年出版的《我走了很远的路，才来到你的面前》提过一个建议，那就是把书名取为"孤独行路人"。

这本书从孤独、行走、生死、慈悲、玩物、天地、人事等角度，给内心孤独的焦躁者以抚慰。在这本书里，所有人都是来自远方的独行者，我们都在不断行走，哭着、笑着，留恋人间。这本书写情感、聊爱好、谈社会、说人生，有俗世的智慧，也有生活的趣味。

小马哥：

安子，给大家讲讲这本散文集里的具体篇章吧。

安子：

这本书分为5章，分别是"孤独地走向未来""默默看世界""独自走一走""独处的安宁""自在的禅意"。这本书的引言就叫"孤独地走向未来"，引言里我印象最深刻的一句话是："好多人在说自己孤独，说自己孤独的人其实并不孤独。孤独不是受到了冷落和遗弃，而是无知己，不被理解。""尘世上并不会轻易让一个人孤独的，

群居需要一种平衡，嫉妒而引发的诽谤、扼杀、羞辱、打击和迫害，你若不再脱颖，你将平凡，你若继续走，终于使众生无法赶超了，众生就会向你欢呼和崇拜，尊你是神圣。神圣是真正的孤独。"这一段，说的就是"孤独行路人"，正因为越走越远，无人可以超越，所以，便真的孤独了。

这本书的语言读起来平实而朴素，以世间万物为镜映照己心，情深意切，写尽世间百态、万物灵性。

比如《纺车声声》一文中，贾平凹先生描写他的母亲。当时岁月艰难，贾平凹先生笔下的母亲是这样的："一看见她那凸起的颧骨，就觉得那线是从她身上抽出来的，才抽得她这般的瘦，尤其不忍看那跳动的线团，那似乎是一颗碎了的母亲的心在颤抖啊！"

后来父亲被打成"走资派"，写信给母亲，提出离婚，母亲这样说："给爸爸回信，就说咱们能活下去，黄连再苦，咱们能咽下！"

后来纺车坏掉，贾平凹先生想偷偷把爸爸的藏书拿去卖掉，给母亲买一辆新纺车，被母亲发现，一个巴掌打在脸上，骂道："给我买纺车，我那么想买纺车吗？"

于是贾平凹先生回答："不买新的，纺不出线，咱们怎么活下去呀？"

母亲气得浑身发抖，说："活？活？那么贱着活，为啥不全都死了？！"

任凭岁月悲凉，母亲的刚强跃然纸上，令人唏嘘，令人心痛。

再比如《看人》一文，写到人时，这样描述："大口袋中，插一支钢笔的是小学生，插两支钢笔的是中学生，

文学奖""鲁迅文学奖""全国优秀短篇小说奖""全国优秀中篇小说奖""全国优秀散文（集）奖"；另获"华语传媒文学大奖""施耐庵文学奖""老舍文学奖""冰心散文奖""朱自清散文奖""当代文学奖""人民文学奖"等 50 余次；并获美国"美孚飞马文学奖"，法国"费米娜文学奖"，香港"红楼梦·世界华人长篇小说奖"，首届北京大学"王默人—周安仪世界华文文学奖"，法国"法兰西文学艺术骑士勋章"。作品被翻译出版为英语、法语、瑞典语、意大利语、西班牙语、德语、俄语、日语、韩语等 30 多个语种，并被改编为电影、电视、话剧、戏剧等 20 余种。

插得更多的，则是修钢笔的了。"形象生动，写到赌博，这样描述："赌博桌上，仅看着一双双参赌人的手，也就知道了这一个赌徒是多么迫不及待，那一个赌徒却是胸有成竹。"读起来非常有意思，忍不住让人遐想，也想问一问，贾先生，要是您上桌，是哪双手？

还有《关于父子》《朋友》《说奉承》《说请客》等等篇目，都非常耐看，非常精到。

特别值得一提的是《秦腔》，我最初看《秦腔》是很多年前了。这里是贾平凹先生的散文《秦腔》，而不是小说《秦腔》，如今在《自在独行》里再看到，感触颇深。"八百里秦川尘土飞扬，三千万秦人齐吼秦腔"，这本书里我最喜欢的，还是《秦腔》。

小马哥：

据我所知，这本书里有太多的金句，比如：人的最大"任性"就是不顾一切坚持做自己喜欢的事情，只有这样，人才可以说，我这一生，不虚此行。

再比如，会活的人，或者说取得成功的人，其实懂得两个字：舍得。不舍不得，小舍小得，大舍大得。

这本书是可以放在枕边，没事的时候反复阅读的。

说完了《自在独行》，安子，下面给大家介绍哪本书呢？

第二部分 《小偷家族》

安子：

接下来给大家介绍 2018 年 8 月份在我国各大电影院公映的、获得戛纳金棕榈奖的电影《小偷家族》的原著小说，是由日本导演是枝裕和创作的。

是不是有的听众没有看过《小偷家族》？那我就先给大家讲一讲《小偷家族》的故事。

《小偷家族》讲了在日本东京生活的一家人，"爸爸"在工作中摔伤了脚，失去了工作，"妈妈"在工厂上班，这家人住在东京一个角落的一处无人注意的老屋里，过着穷困的生活。他们靠"奶奶"的养老金生活，"爸爸"和"妈妈"打工补贴家用，他们还习惯游荡在商店之间，顺手牵羊地偷点日常用品。

就是这样一个家庭，在某个冬夜，增加了一名新成员。"爸爸"阿治发现了一个被赶出家门的小女孩树里，树里年龄很小，也就四五岁的样子，"爸爸"用一个可乐饼就把小女孩捡回了家。"妈妈"信代不同意"爸爸"把女孩树里捡回来，可看了树里身上的伤，在送树里回家的时候，又听见树里家传出的争吵声，就和"爸爸"一起，把树里重新带回了家。

然而这个看起来贫穷简单、其乐融融的家庭，却隐藏着太多的秘密。

在我看来，这部影片就像悬疑片，重重谜团抽丝剥茧

是枝裕和，1962 年 6 月 6 日出生于日本东京清濑市，日本电影导演、编剧、制作人，毕业于早稻田大学。

1995 年，凭借爱情片《幻之光》入围威尼斯影展的竞赛。2004 年，凭借剧情片《无人知晓》入围第 57 届戛纳国际电影节主竞赛单元。2009 年，凭借爱情科幻片《空气人偶》入围第 52 届日本电影蓝丝带奖最佳导演奖。2011 年，自导自编的励志片《奇迹》获得第 59 届圣塞巴斯蒂安影展最佳剧本。2013 年，凭借剧情片《如父如子》入围第 37 届日本电影学院奖最佳导演奖，并夺得戛纳评委会特别奖。2017 年，执导的悬疑犯罪电影《第三

次的杀人》入围第74届威尼斯国际电影节主竞赛单元。2018年5月19日，是枝裕和凭《小偷家族》摘得第71届戛纳国际电影节金棕榈奖。9月25日，是枝裕和获得圣塞巴斯蒂安电影节终身成就奖。

一样揭开。

"爸爸"柴田阿治是"一家之主"，没有固定工作，带着一家人靠"奶奶"柴田初枝的养老金生活，常带儿子祥太去超市偷日用品来贴补家用。看似"妈妈"的妹妹亚纪，其实和祥太并无血缘关系，却是"奶奶"初枝前夫的孙女。"奶奶"初枝是个被儿女丢弃的老太太，因为担心一个人孤独地离世，所以才"收养"了阿治、信代等人。虽然这个家里的所有人都没有血缘关系，却相互关心，相互温暖，在东京这个忙碌的城市里，想尽一切办法去生存。

"奶奶"为了养活一家人，不仅骗取养老金，还定期拜访前夫的儿女家，好骗点钱回家。

亚纪是个阳光灿烂的女孩，正值青春年华，却靠出卖色相给家里挣钱。

"儿子"祥太也带着捡来的"妹妹"树里，开始到商店里偷东西。

小马哥：

真的是小偷家族啊。

安子：

我记得在影片里还有一个情节，当时爸爸被抓，警察问他，为什么要让孩子偷东西，他竟然说："我总得教他点什么吧。"当时看着特别心酸，底层人的生活逻辑。

然而这个小偷家族，却有很多家庭没有的温暖。

这里我想着重讲一个片段，就是电影里没有，而书里面有的一个情节，那就是初枝和亚纪参拜完水神，随手顺了两只签。初枝抽到的是末吉，亚纪看了一眼神签，上面写着："所等之人，现身迟。"初枝嘟囔着："哪个都不算太好。"然后将神签揉成一团，塞进了上衣口袋。

这一片段在电影中并没有出现，但在小说中却有。仔细想想，这些原本毫不相干的人，走到一起，成为一家人，每个人，其实都是彼此的"所等之人"。因为在东京，甚至在这个世界上，也只有这个毫无血缘关系的"家"，才是他们真正的温暖。

《小偷家族》的故事特别感人，特别容易让人掉眼泪。一所拥挤的老屋，初枝"奶奶"，信代"妈妈"，亚纪"姐姐"，一起围坐在矮桌边。阿治"爸爸"和"儿子"祥太，把从超市里偷来的生活用品分发给大家。被亲生父母关在门外的树里被捡回来，大家一起去超市，给她偷回漂亮的新裙子。

《小偷家族》的每一章，都以孩子向往的好玩的、好吃的东西命名，比如"可乐饼""面筋""泳衣""魔术""弹珠""雪人"。要说素质，这个家里的人没素质；要说知识，这个家里的人没文化；然而这个家，却充满温暖，充满最简单、最朴素的人性的温暖。

"奶奶"总有她的经验，比如用曼秀雷敦唇膏涂伤口，用盐治尿床；"爸爸"阿治也能教"儿子"祥太一些有趣的生活知识，比如用可乐饼泡面条，用破窗器救命；而信代宁可失去工作，也不愿把被父母虐待的树里送回家……

我在看电影《小偷家族》的时候，眼泪一个劲儿地往下淌。这个家庭破败不堪，生活在城市的边缘，甚至在"奶奶"去世之后，都不敢把"奶奶"送到殡仪馆，而是在屋

摘录：他们说喜欢你才会打你，是假的。真正喜欢你，会像这样，抱着你。

难道生下了孩子，你就自然能成为母亲吗？

我们被我们的心联系在一起。
——《小偷家族》
（赵仲明 译）

子里挖了个坑，埋在了屋子里。

看到最后，就不仅仅是感动，而是心痛，心痛到泪流满面。

"妈妈"被送进监狱，"儿子"祥太被送往寄宿学校，捡来的女孩树里被送回家。祥太只能偶尔回来看望爸爸，而妈妈在监狱里，却什么都不说，只说，只有自己可以承受几年的牢狱，非常让人心酸。

这一家人，其实不是在偷东西，而是在偷生，在东京这个大都市里偷生啊。

在小说里，还有很多"妈妈"信代的心理描写，比如写到她看到树里的伤疤，就在内心起誓："我不会再放手这孩子。"而后来，她又多么希望树里喊她"妈妈"，她想："哪怕一次也行，多想听到她喊'妈妈'。"

事实上，这个家里的所有人，都是缺少温暖和爱的人，而他们之所以守在这个落魄的家里，就是因为这个家，让他们即便在睡梦中，身边还有"家人"。家人，多么温暖的渴盼。

小马哥：

非常温暖、非常感人的一部电影原著《小偷家族》。接下来，安子，给我们讲一本轻松一点的书吧。

第三部分 《2018》

安子：

那第三本，我们就聊聊 2018 中国科幻第一人，九届银河奖得主，《三体》的作者刘慈欣的科幻作品《2018》。

小马哥：

刘慈欣是中国作家富豪榜的当红上榜作家，新生代科幻的主要代表人。他的长篇小说《超新星纪元》《球状闪电》《三体》，以及中短篇《流浪地球》《乡村教师》等都深受大家喜爱。他多次获得中国科幻银河奖，是中国科幻的领军人物。

他最著名的作品就是《三体》三部曲，那么这本《2018》写的是什么呢？安子，给大家讲讲吧。

安子：

《2018》是刘慈欣的中短篇小说合集，以中篇为主。这本小说集里的故事写在《三体》之前，从里面隐约可见一些《三体》的影子，比如终极震慑，比如超越维度的世界等。如果看过《三体》的读者，再看《2018》，就会觉得有点熟悉。

《2018》里有很多篇目，我就以中篇《2018》为例，给大家讲讲这本书吧。

《2018》写的是，在 2018 年，人类社会拥有了可以

刘慈欣，1963年 6 月出生，1985年 10月参加工作，山西阳泉人，本科学历，高级工程师，科幻作家，中国作协会员，山西省作协会员，阳泉市作协副主席，中国科幻小说代表作家之一。

主要作品包括 7 部长篇小说、9 部作品集、16 篇中篇小说、18 篇短篇小说，以及部分评论文章。代表作有长篇小说《超新星纪元》《球状闪电》《三体》三部曲等；中短篇小说《流浪地球》《乡村教师》《朝闻道》《全频带阻塞干扰》等。其中《三体》三部曲被认为是中国科幻文学的里程碑之作，将中国科幻推上了世界的高度。

改变基因、延长寿命的技术，通过延基，人类寿命可达300年。同时，网络虚拟社会已经极其庞大，实体货币逐渐废除，虚拟货币正在兴起。不但如此，虚拟的网络国家还在提出申请加入联合国。在这种风云变幻的大背景下，人心动荡，前途未卜，男主角盗用公款准备延基。正当他打算向女朋友坦白自己只筹集到一个人延基费用的时候，却发现女朋友已打算利用另一项技术——冷冻，休眠到100年以后……

把一个技术、一项科技，沿着直线发展下去会怎么样呢？

科幻小说家进行了上天入地的想象，从不同的角度让我们重新去思考未来。比如生命如果可以延长到300岁，如果知识可以灌注到大脑中，社会会发生什么样的变化？也许刘慈欣想象的并不是真正的未来，但是这样想想，挺有趣的，这就是科幻的味道。

小马哥：

马上要来临的春节，也就是2月5号，根据刘慈欣的小说《流浪地球》改编的电影《流浪地球》就要全国公映。安子，这里顺便给大家简单聊一聊《流浪地球》吧。

安子：

《流浪地球》是刘慈欣在2008年，也就是10年前出版的作品，它讲述了庞大的地球逃脱计划，也就是逃离太阳系，前往新家园。

在《流浪地球》中，太阳即将毁灭，过去无数岁月中

2014年11月，刘慈欣出任电影《三体》的监制。2015年8月23日，他的科幻小说《三体》获第73届雨果奖最佳长篇故事奖，这是亚洲人首次获得雨果奖。

作为人类精神支柱存在的太阳，变成死亡和恐怖的象征。于是人类决定挣扎到底。

庞大的地球逃脱计划开始实施，然而人类所能制造的普通尺寸的人造环境无法承受漫长的逃脱之旅，所以人类只得在地球的一侧安装上巨大的地球发动机，将巨大的地球环境变成移民方舟，以此逃离太阳系，前往新家园。

实际上这本书写的是地球逃离太阳系的流浪之旅。而这个流浪之旅，代价是高昂的，失去了太多的东西，太多的人死去，而对生存的强烈渴望，又让剩下的人类彼此猜忌，发生内乱，最终，在太阳熄灭的瞬间，一切平息，人类终于怀揣希望踏上漫长的流浪之旅。

"地球啊，我的流浪地球"，这本书所表达的就是人类亘古不变的求生欲望，那就是：我们要活下去！

小马哥：

听起来非常吸引人，春节长假，听众朋友们不妨看看刘慈欣的《2018》，都是中短篇，读起来也非常轻松。

安子，接下来为我们介绍哪本小说呢？

语录：现在已经证明，人类不可能遏制住命运的喉咙。人类的价值在于我们明知命运不可抗拒，死亡必定是最后的胜利者，却仍能在有限的时间里专心致志地创造着美丽的生活。

有些人满足于老婆孩子热炕头，从不向自己无关的尘世之外扫一眼；有的人则用尽全部的生命，只为看一眼人类从未见过的事物。

在你们目前的时代，教育是社会下层进入上层的唯一途径，如果社会是一个按温度和含盐度分成许多水层的海洋，教育就像一根连通管，将海底水层和海面水层连接起来，使各个水层之间不至于完全隔绝。

——刘慈欣

第四部分 《教父》

安子：

接下来给大家介绍一本经典老书，这本书多年来一直在小说畅销榜名列前茅，它就是大家熟知的、由马里奥·普佐所著、号称男人的《圣经》的小说——《教父》。

小马哥：

提起《教父》，大家首先想到的就是电影《教父》，就是马龙·白兰度演的第一代教父，简直是一代青年男人的偶像。

安子：

提起《教父》，估计很多男性听众都难免心潮澎湃。当年，被称为"美国通俗小说教父"的美国作家马里奥·普佐的代表作《教父》，开启了黑帮小说的全新时代。一经问世便占领《纽约时报》畅销小说榜 67 周，在短短两年内创下 2000 万册销量奇迹，至今仍是美国出版史上头号畅销书。

《教父》的故事很多听众都了解，它说的是 20 世纪 40 年代的美国，第一代"教父"维托·柯里昂在美国建立自己的家族的故事。柯里昂家族来自意大利的西西里岛，在少年时代，维托·柯里昂的父兄都被西西里的黑手党首领奇奇欧杀害了。维托·柯里昂在母亲的舍命掩护下，逃

《教父》从马龙·白兰度饰演的柯里昂家族的第一代教父写起。从 1972 年电影上映，到后来的《教父》第二部、《教父》第三部，一直被全世界的读者所津津乐道。这样的一部史诗级巨著，对电影史的意义不用多说，仅就小说来说，故事结构庞大，人物关系复杂，很多读者都愿意翻来覆去地读《教父》，把它奉为经典。

到了美国。

在经过了经济大萧条，失业与艰苦的奋斗之后，维托·柯里昂终于站稳了脚跟。他有三个儿子和一个养子：暴躁好色的长子桑尼，懦弱的次子弗雷德和刚从"二战"战场上回来的小儿子迈克，以及养子——家族参谋汤姆。

长子桑尼是教父的得力助手，而小儿子迈克虽然精明能干，却对家族事业没什么兴趣。

维托·柯里昂因为绝不贩毒，拒绝了毒枭的要求，激化了与纽约其他几个黑手党家族的矛盾。于是圣诞前夕，教父的养子、家族参谋顾问汤姆被挟持，其他黑手党家族派人暗杀教父。长子桑尼在这场争斗中被杀，最终老教父放弃复仇，以求和平。《教父》的第一部以老教父将家族首领的位置传给小儿子迈克为结局。叱咤风云一生的老教父，晚年安详平淡，与小孙子在西红柿地里玩耍的时候，因咳嗽过激而死，也算在儿孙环绕中安详地离去。

伟大的人不是生下来就伟大的，而是在成长过程中慢慢经历和磨炼。当然，《教父》从第一部到第三部，描述的都是黑手党柯里昂家族的兴衰，不能称之为伟大的人，但是，他们从意大利的西西里岛来到美国，建立了自己的王国，有自己的秩序和原则，不染指毒品。一代又一代柯里昂家族的统治者，都在渴盼通过各种方式，摆脱被人操控的命运，而变成真正的操控者，洗白自己的家族事业。

作家马里奥·普佐创作了一个伟大的故事，一个世代相传的美国故事。

摘录: 不要让别人知道你的想法。

不懂得陪伴家人的男人不算是真男人。

人可以不断犯错，但绝不能犯要命的错。

不要说不可能，没有什么不可能。

没有规矩，不成方圆。有了权力，就得令行禁止。
——《教父》
（姚向辉 译）

小马哥：

《教父》的导演弗朗西斯·福特·科波拉也非常棒，《教父》第一部和《教父》第二部都获得了奥斯卡最佳影片奖。有很多人说，《教父》是有史以来最伟大的电影之一。

安子：

小说《教父》和电影《教父》都非常精彩，都值得看上十遍八遍。马龙·白兰度饰演的柯里昂家族的第一代教父说的很多话，值得我们去回味，比如："让朋友低估你的优点，让敌人高估你的缺点""不要憎恨你的敌人，那会影响你的判断力""离你的朋友近些，但离你的敌人要更近，这样你才能更了解他"。

第五部分 《希腊棺材之谜》

小马哥:

安子,你自己写悬疑小说,那么下面是不是给我们说说悬疑推理小说《希腊棺材之谜》?

安子:

好的。

在说《希腊棺材之谜》之前,我先说说这本书的作者,以及书中的侦探埃勒里·奎因。这是推理小说史上一个非凡的名字,不过埃勒里·奎因并不是一个人,而是弗雷德里克·丹奈和曼弗里德·李两个人。这是一对表兄弟,他们以埃勒里·奎因为名一起创作,就像电影界的科恩兄弟。他们的创作时间长达半个世纪,作品多达数十部,全球销量约两亿册;他们曾五次获得爱伦坡奖;他们的四部"悲剧系列"和九部"国名系列",被公认为推理小说史上难以逾越的佳作。

这兄弟俩还创办了《埃勒里·奎因神秘杂志》,迄今仍是最专业、最权威的推理文学杂志之一;他们还出资设立"密室研讨小组"……他们成就了推理小说的黄金时代。

埃勒里·奎因不仅仅是这兄弟二人的笔名,也是他们所创作的侦探推理小说中的主人公。在书中,埃勒里·奎因就是一位侦探小说作家兼超级侦探。

年轻英俊的侦探埃勒里·奎因和也的父亲——纽约警察局的警官理查德·奎因是他们创作的大多数作品中的主要角色。

埃勒里·奎因开创了合作撰写推理小说成功的先例。埃勒里·奎因的形象并不仅仅活跃在奎因的小说里,同时也出现在当时他所能涉及的各个领域。借埃勒里这个充满魅力的侦探形象在美国成了家喻户晓的知名人物。系列小说被多次改编为电影、电视剧、广播剧和漫画等。

小马哥：

小说的作者就是小说的主人公，这个很有意思。

安子：

《希腊棺材之谜》被称为侦探小说中的"圣经"，是"国名系列"中水准最高的作品。

这部小说讲的是离世的古董商留下了巨额的遗产，而葬礼之后，人们突然发现，刚刚还出现在众人眼前的遗嘱，突然不见了踪影！

在毫无头绪之际，埃勒里·奎因指出，遗嘱只可能被藏到了一个地方——那位古董商长眠的希腊棺材里。然而，当棺盖缓缓开启后，众人却发现，棺材中没有遗嘱的踪影，然而棺材中却凭空多了一具尸体……

随着埃勒里·奎因调查的深入，一系列蕴藏着更大阴谋的谋杀被揭开。埃勒里·奎因的推理是围绕着令人费解的情节层层推进的，小说中并没有多少场景，大量的对话把有关案情的蛛丝马迹一点点暴露出来，小说中的人物形象，就在案情的逐渐推进中，慢慢丰富起来。

小马哥：

我们今天的节目，到这里就结束了，相信听了今天的节目，听众朋友们在春节里，也多了一些阅读的选择。

安子：

最后，安子在这里，预祝大家新年快乐，新春愉快，阖家幸福。

1939—1949年，美国三个收音机网络都在播放广播节目"埃勒里·奎因冒险记"。到了20世纪70年代，在各地播放的凑时广播"埃勒里·奎因的一分钟推理"中，每次播放开始都有这么一段宣言："我是埃勒里·奎因……"接着在一分钟内抛出一个谜团，请听众去破解，最先破解这个谜团的人将得到一笔奖金。

No.13
12.20

2019 年
好书盘点

作品

作品名	主角	作者
《北上》	马德福	徐则臣
《与虫在野》	果蝇	半夏
《儿童粮仓》		束沛德　徐德霞
《时间之问》		汪波
《应物兄》	应物兄	李洱

导语

2019 年即将过去，在这一年好书纷呈，从第十届茅盾文学奖获奖图书《北上》《应物兄》的热卖，到作家麦家的《人生海海》，再到新华出版社出版的《巨变：改革开放 40 年的中国记忆》，还有《故宫的古物之美》《与虫在野》等非常精致、让人爱不释手的图书，真的是精彩纷呈。

今天，我们给大家介绍 5 本在 2019 年热销的好书。这几本书分别属于不同的类别，它们为我们展现了一个多姿多彩的精神世界。这 5 本书分别是文学类书籍，荣获第十届茅盾文学奖的作品有徐则臣的《北上》、李洱的《应物兄》。自然类有荣获第二届"中国自然好书"奖的好书《与虫在野》、中华人民共和国成立 70 周年原创儿童文学献礼丛书——束沛德和徐德霞共同编撰的《儿童粮仓》系列图书。科普类有由清华大学出版社出版的从文学音乐到数理万物的通识之作《时间之问》。相信这期节目我们为大家介绍的这几本 2019 年年度好书，能够为大家带来美好的阅读享受。

茅盾文学奖是由中国作家协会主办，根据茅盾先生遗愿，为鼓励优秀长篇小说创作、推动中国社会主义文学的繁荣而设立的．是中国具有最高荣誉的文学奖项之一。奖项每 4 年评选一次，参评作品为长篇小说，字数限定为 13 万以上的作品。尽管有颇多争议，但茅盾文学奖不失为中国最重要的文学奖项。自 2011 年起，由于李嘉诚先生的赞助，茅盾文学奖的奖金从 5 万提升到 50 万，成为中国奖金最高的文学奖项。

第一部分 《北上》

小马哥：

　　去年的这个时候，我们在这里盘点了 2018 年年度好书。时间过得真快，转眼又一年了。这一期，我们请到的还是作家安子，请她和我们一起，聊一聊今年的年度好书。今年的图书市场异彩纷呈，不仅有荣获茅盾文学奖的五部作品：梁晓声的《人世间》，徐怀中的《牵风记》，徐则臣的《北上》，陈彦的《主角》，李洱的《应物兄》。还有《与虫在野》《故宫的古物之美》《儿童粮仓》系列和《时间之问》等各门类的好书。今天我们就给大家介绍其中 5 本书，分别是《北上》《应物兄》《与虫在野》《儿童粮仓》系列和《时间之问》。

　　安子，先给大家打个招呼吧。

安子：

　　大家好，小马哥好，转眼一年又要过去了，我在这里

徐则臣，文学硕士，被认为是中国"70 后作家的光荣"（《大家》），其作品被认为"标示出了一个人在青年时代可能达到的灵魂眼界"。在《人民文学》《当代》《山花》《钟山》《大家》等刊物发表作品 100 余万字。部分作品被《小说选刊》《中华文学选刊》等刊物转载并被收入多种文学选本。代表作有长篇小说《耶路撒冷》《午

夜之门》《夜火车》《北上》；中篇小说代表作有《跑步穿过中关村》《苍声》《人间烟火》等；短篇小说代表作有《花街》《最后一个猎人》《伞兵与卖油郎》等。

特别感谢《品味书香》和听众朋友们对我的信任和支持。

小马哥：

安子，今天我们先给大家介绍第十届茅盾文学奖获奖作品《北上》吧。《北上》的作者徐则臣 1978 年出生于江苏东海，2000 年本科毕业于南京师范大学文学院，研究生毕业于北京大学中文系。他的作品《如果大雪封门》荣获第六届鲁迅文学奖短篇小说奖。2014 年他又凭借作品《耶路撒冷》获得老舍文学奖，可谓中国文坛"70 后"作家的代表人物。

安子：

《北上》的确是一本好书。如果说现在的年轻人很少能够静心去读一本传统写法的小说，那么我推荐大家去读《北上》。这本书的写法也很传统，但是文字非常精确，语言相当流畅，很好读，相信只要拿到这本书，就会不忍释手。

这本书从一个考古工作者的生活写起，从一封发掘于京杭大运河故道的信件写起，构建了一个个横跨一个世纪的故事——从 1900 年到 2014 年，多个故事交错叙述，最终汇总为一条河流与一个民族的秘史。

我对《北上》的喜爱源于它的封面，它的封面是位于北京通州的京杭大运河终点的标志——燃灯塔。我现在就住在燃灯塔附近，每天都可以看到燃灯塔，所以我对这本书所描写的场景非常熟悉，自然就有了一种亲切感。我爱人是南方人，京杭大运河有一段从他家门口经过，所以也曾经讲过很多和京杭大运河有关的故事，于是我对《北上》这本书就有了一种天然的亲近感。

刚才说到《北上》从一个考古工作者的家事和一封信写起，那么这封信到底写了些什么呢？这封信写于 1900 年 7 月，是用意大利语写成的。写这封信的人是意大利人，他的中文名字叫马德福，他是八国联军进北京时攻入北京的士兵，也就是说是中国人的敌人。他在战地医院里写这封信时还没有当逃兵。不过后来，他当了逃兵。

简单地说，就是这个中文名叫马德福的意大利小伙子，在打仗过程中认识了杨柳青一小镇上的姑娘秦如玉，后来就当了逃兵，驾船去了秦如玉家。秦家因为年画之争被通告给义和团，秦家破败，秦如玉就和马福德逃到了北京通州。从此曾经向往像马可波罗一样游走中国的意大利小伙子马福德，就把人生梦想丢到一边，安心地当了中国的农民和船夫，繁衍了一个混血家族。后来日本侵略中国，秦如玉被日本人的狼狗咬死，马福德闯入日本兵营射杀了十多个日本兵，自己也被打死，结束了一个意大利中国人的一生。

小马哥：

这个故事听起来令人唏嘘，这个故事从这个意大利小伙子马德福的人生开始，如何展现出一条河流与一个民族的秘史呢？

安子：

意大利人马福德和在意大利的家人，也就是自己的父

《北上》是作家徐则臣创作的长篇小说，首次出版于 2018 年。该小说以历史与当下两条线索，讲述了发生在京杭大运河之上几个家族的百年"秘史"。"北"是地理之北，亦是文脉、精神之北。该小说力图跨越运河的历史时空，探究普通国人与中国的关系、知识分子与中国的关系、中国与世界的关系，探讨大运河对于中国政治、经济、地理、文化以及世道人心变迁的重要影响，书写出 100 年来大运河的精神图谱和一个民族的旧邦新命。

母和哥哥失去联系后，他的哥哥保罗，也就是书中的"小波罗"便深入中国，从杭州开始沿运河北上，以考察运河之名寻找"消失"的弟弟。

《北上》开头那位考古工作者的家事，和马德福有着至关重要的联系，因为那位考古工作者的母亲就是马德福的孙女马思意。

小说没有直接写马福德，而是以马德福的哥哥小波罗的故事开始。小波罗带着翻译谢平遥，和挑夫兼伙夫邵常来、雇船上的二徒弟小轮子、河上的拳民孙过程等人产生了一定的联系。随着小波罗的寻访，古运河的风物人情也就一步步展开来。

这些人的后代后来也发生了一定的联系，比如谢平遥的后代谢望和成了电视制作人；孙过程的后代孙宴临当了大学教授，热爱摄影和绘画；邵常来的后人邵秉义和邵星池父子当了船工；二徒弟小轮子的后代周海阔当了小博物馆连锁客栈的老板；马福德的孙女马思意的儿子胡念之当了考古学家，发掘出当年自己的曾祖父马德福在 1900 年写给意大利哥哥小波罗的信件。于是这些前人和后人围绕京杭大运河这条主线，将 100 多年的历史浓缩在了一起，演绎出一条河流与一个民族的秘史。

小马哥：

《北上》的结构严丝合缝，非常精致，语言也非常通俗，朗朗上口。作为一部深厚而宏大的长篇叙事小说，《北上》带给我们的不仅仅是近代中国被列强欺凌的历史，更是在那黑暗的历史当中，一盏闪烁的明灯。小波罗哥俩，一个

死了，一个活下来。留下的一个在中国生活，留下了自己的血脉和家庭。虽然这些人物是虚构的，但是有史料依据，它表明在那么沉重的历史背景下，中国人和外国人当中也有例外，实实在在达成了一个友好的、善意的交流状态，甚至可以相互融合，这才是这本小说最好看、最耀眼的所在。

安子：

一部小说的成功，不仅仅在于结构和语言，最重要的是它的立意和主旨，《北上》堪称一本"和解之书"，是作者和自己的成长经历，以及当下生活的和解，也是中国"70 后"一代作家与时代，与文学的和解。

京杭大运河是历经世界上里程最长、工程最大的古代运河，也是最古老的运河之一，与长城、坎儿井并称为中国古代的三项伟大工程，它是中国古代劳动人民创造的一项伟大工程，是中国文化地位的象征之一。大运河南起余杭（今杭州），北到涿郡（今北京），途经今浙江、江苏、山东、河北四省及天津、北京两市，贯通海河、黄河、淮河、长江、钱塘江五大水系。主要水源为南四湖（山东省微山县微山湖）。大运河全长约 1797 千米。运河对中国南北地区之间的经济、文化发展与交流，特别是对沿线地区工农业经济的发展起了巨大作用。

第二部分 《与虫在野》

小马哥：

接下来，我们来说一本轻松一点的好书——荣获今年第二届"中国自然好书"奖的《与虫在野》。这本描写虫子的书充满了轻松愉悦的气息，清新而有趣，还有很多特别漂亮的插图，相信读起来一定神清气爽。

安子：

是的，我拿到《与虫在野》这本书的时候，第一感觉就是清新自然，书的设计非常别致，函套上像小学生的生字本一样，写满了"虫"字。这本书的封皮简洁得像一张白纸，右上角有一个书名，其他就是纸张本来的白色，非常干净，入眼就觉得明快清爽。

这本书的文字也非常好看，干净，没有学究气，我是在前几天下雪之后，在我家附近公园的长凳上捧读这本书的，没有压力，很适合消遣。

小马哥：

哦？这么好看的一本书？那跟我们讲一讲，这本书都写了哪些虫子吧。

安子：

这本书真的就是一本"虫子书"，而且作者半夏所写

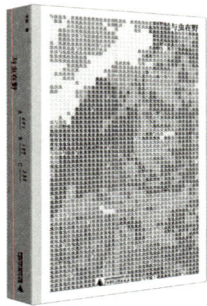

的虫子，很多都是我们常见的，却被我们忽略或者嫌弃的虫子。那天我读了《与虫在野》，第一感觉就是，如果我们连身边这些虫子都能如此喜爱，那我们的生活该如何轻快自然，我们和自然的关系该多么美好，多么相得益彰啊。

比如这本书的第一篇，写的就是苍蝇，准确地说是果蝇。对于苍蝇这种人见人厌的四害之首，作者竟然另辟蹊径，用赞美的眼光去发现大自然的造物之美，发现从粪便里生长出来的苍蝇的自然之美，这真的是太有趣了。而且作者还给苍蝇写了一首小诗，充满了奇趣。

作者把所有人世间的情绪都赋予这些虫子，同情、快乐、悲悯、赞颂。比如她写到一只蛾子的死，一只在黑暗中扑向光明的生物，在临死前完成了最伟大也最重要的责任，产卵、繁衍后代。

这本写虫子的书不是一本科学专著，不是给读者讲科普知识，它讲述的是作者观察到的虫子。作者不是昆虫学家，也不是摄影师，她只是喜欢虫子，单纯而美好地喜爱。她花了五年时间，用手机近距离地拍摄虫子，用镜头去看渺小的虫子们的一生，看它们如何生存，如何相爱，如何繁衍后代，看它们生存在地球上的非凡技艺。

小马哥：

万物皆奇迹。这本书是一次文学与田野的携手，一本饱含美与深情的博物学笔记。作者用文学笔法抒发自己的自然情怀，用对虫类的友爱之心阐述所有生命的自然之美。当我们用人类的单眼与虫类的复眼对视时，会发现其实我们和虫子一样，都是自然的造化。

《与虫在野》作者半夏，现居台湾，鲁迅文学院第七届中青年作家高级研讨班学员。《与虫在野》荣获由阿里巴巴公益基金主办的2019年度十大自然好书奖，以及十月杂志社与浙江温州瓯海区联合设立的"琦君散文奖·特别奖"。

一位生物学学科背景的女作家，常年在野外考察，深入大自然，思索"人与自然"这一宏大的命题。本书是她关于天籁、生机与野趣的文学书写，是对人文关怀、生命的思考，关乎全球生态，关乎人类命运，堪称"中国版《昆虫记》"。这是一本饱含美与深情的博物学笔记。有丰富写作经验的作者嫁接其生物学背景，在野阅微，当了一回"荒野侦探"。

安子：

是的，这本"虫子的百科全书"是一本微型的昆虫博物馆。书中介绍了几百种昆虫，配以 400 多张图片，以文学的形式让大家更加了解自然、爱上自然。事实上，越贴近人类的昆虫的生命力和繁殖能力也越强。由于它们对自然的感知比人类更加敏感，所以可以迅速调整适应环境的能力。比如与蟑螂相比，人类就像是地球上的"短租客"，因为蟑螂已经存在了上亿年。

推荐《与虫在野》，还因为这本书所表现的，不仅仅是爱虫人对一个物种的热爱，更是对自然细节的深度感触。我们在大自然之中，广泛地接触大自然——星空、月亮、太阳、刮风下雨、花开花落、鸟鸣虫吟。这就是自然赋予我们的生活，也是我们作为自然的一分子所享受到的万物的乐趣。所以我们必须尊重自然、回归自然、融入自然，才能够与自然和谐相处。如果我们能够像《与虫在野》那样，热爱生活的细节，热爱自然的造化，那么我们的人生将充满清新和美好。

第三部分 《儿童粮仓》

小马哥：

　　说完了文学和自然，我们再说说童书吧，今天我们介绍的 2019 年值得推荐的童书，是一系列童书，这个系列的名字叫《儿童粮仓》。它是中华人民共和国成立 70 周年原创儿童文学献礼丛书，由中国作协主席团委员、儿童文学委员会主任委员束沛德和《儿童文学》杂志主编徐德霞共同主编。安子，来给我们讲一讲这套书吧。

安子：

　　好的。说起中国原创童书，大家可能首先想到的是金波、张天翼等前辈儿童文学作家，还有曹文轩、殷健灵、杨红樱等儿童文学作家。在这套书里，这些作家的作品都有选入。这套书是向中华人民共和国 70 华诞的献礼书，其中童话馆计划出版 30 本，小说馆计划出版 40 本，一共出版 70 本，目前已经出版的有 38 本。这套书集中展示了一批有成就、有影响、有代表性儿童作家的精品佳作。

　　特别值得一提的是丛书的主编之一束沛德，他见证了中华人民共和国成立以来儿童文学的整个发展历程，堪称"行走的新中国 70 年的儿童文学史"。另一位主编徐德霞则长期坚守"孩子阅读的纯净乐土'《儿童文学》。这两位老一代的儿童文学工作者，推开了中国原创儿童文学进入春天乃至进入黄金期的大门，他们把最美的童书细细

　　束沛德，1931年 8 月生人，江苏丹阳人，文学评论家。有影响的儿童文学论文有《幻想也要以真实为基础——评欧阳山的童话》《情趣从何而来——谈谈柯岩的儿童诗》等。享有政府特殊津贴。曾入编《中国人名大词典》《新中国文学词典》《儿童文学辞典》《世界儿童文学事典》《中国当代名人录》等。

　　徐德霞，1953年出生，笔名晓旭。1978 年毕业于河北大学中文系。《儿童文学》杂志主编、编审、作家。国家新闻出版总署高级职称评审委员会委员、团中央出版系统高级职称评审委员会委员、中国作家协会儿童文学委员会委员、中国作家协会会员，曾获海峡两岸童话征文优秀作品奖、冰心儿童文学新作奖、陈伯吹儿童文学奖。1974 年开始发表作品，以创作儿童小说、童话为主。

梳理，献给了我们。

小马哥：

安子，给我们讲一讲这套童书中都有什么有趣好读的儿童文学作品吧。

安子：

这套丛书我没有看完，只看了一些，对《多出一个昨天》和《狐狸女儿阿梦》印象比较深刻。

《多出一个昨天》的作者李东华是《人民文学》副主编，是冰心儿童图书奖、陈伯吹国际儿童文学奖等奖项的获得者。《多出一个昨天》选入李东华创作的很多童话短篇。其中《麻烦天使》《多出一个昨天》等都非常活泼有趣，充满喜感，体现了儿童文学的童真和快乐。不管故事里的主角是学习好的孩子，还是学习不太好的孩子，也不管是带来麻烦的小天使还是自己织布、种粮食、挑水喝的小仙女，都非常可爱，宽容、温暖、亲切。不过也有伤感的童话，比如《枫叶女孩》——一个快病死的善良的小姑娘，请求爸爸为自己捡回一片美丽的枫叶的故事。这些故事都很美，它们带给孩子们的是心灵的启蒙，是对世间万物的情感启蒙，对爱、对温暖、对同情和悲伤的初步认知。

而老一辈儿童文学作家，获得陈伯吹儿童文学奖之杰出贡献奖的任大星的作品集《狐狸女儿阿梦》，则体现了20世纪50年代中期中国儿童文学的特色，充满了对旧社会的控诉，也充满了对新生活的欣喜和感激。

《狐狸女儿阿梦》是个悲伤的故事，却充满了奇幻的

李东华，1971年重阳节生于山东高密。毕业于北京大学中文系。鲁迅文学院副院长。出版有长篇小说《少年的荣耀》《焰火》《小满》《多出一个昨天》等作品20余部，曾获中宣部第十三届、十五届"五个一工程奖"，全国优秀儿童文学奖，文津图书奖，陈伯吹国际儿童文学奖及冰心儿童图书奖等奖项。2017年入选中宣部文化名家暨"四个一批"人才。

色彩。狐狸女儿阿梦并不真的是狐狸的女儿，她也有自己羞涩的情感、美好的矜持和天真的向往，然而在封建体制下，她却因为出身，成为无法被世人接纳的孩子，最终悲惨地死去。

小马哥：

儿童文学作品也是有喜有悲，孩子们从中体验到的，是这个世界丰富多彩的情感，同时也会认识到这个世界的悲欢离合。

安子：

是的。比如金波老师的《秋天的蟋蟀》，就以细腻的情感描述了一只秋天的蟋蟀，忧伤而美丽，动人心弦。金波老师从 20 世纪 50 年代开始发表作品，一直坚持创作了半个世纪。曹文轩、张之路、黄蓓佳等都是 20 世纪 80 年代成名的作家，至今依然活跃在第一线。相当一批作家，比如已经离开我们的任大星，现在已经很少有孩子去读他们的作品了，这些优秀儿童文学作家的作品被大量新的儿童读物所湮没，实在可惜。这些优秀的中国原创儿童文学作品都是高地上的花朵。这套《儿童粮仓》收入的就是这些作家的代表作和成名作。很多都是作家几十年创作中最好的作品，经得起时间检验的精品，能够打动一代又一代人，让一代又一代的孩子们感受到震撼人心的力量，感受到儿童文学的动人之处。

第四部分 《时间之问》

小马哥：

说完了童书，我们来说一本今年的科普好书——清华大学出版社出版的《时间之问》。《时间之问》是一部打通学科边界融合科技与人文的通识之作。 作品以大学师生的问答对谈开始，选取"时间"作为跨学科讨论的媒介，连接起数学、天文、信息技术、音乐、生物、物理等不同学科，一来一往的对话中隐含了作者精心设置的问题，将各种知识融会贯通，回答了"时间之问"。

安子，给我们讲一讲这本书吧。

安子：

好的。翻开《时间之问》这本书之前，在我的想象中，它一定是一本讲科学的教科书式的科普书，对于看惯了小说的我来说，并没有很高的心理预期。然而没想到，开头竟然不是什么科学知识，而是一个生活在 2045 年的大学老师，偶然间躺在时间机器上，穿越到 2017 年。这个开头让我迅速想起了最近热播的网剧《庆余年》，不过这个比《庆余年》高科技，包括穿越的时间代码，都有严密论证的"时间之树"。

这本书的故事，是作者和 28 年前的自己相遇，为 28 年前作为学生的自己，讲解有关世间万物的各个类别的科学知识。这些知识以时间为轴，拓展到数学、物理、音乐、

这本书的作者汪波是法国国立里昂应用科学院硕士，利摩日大学微电子博二，曾在里昂纳米国家实验室从事科研工作。回国后任教于北京大学深圳研究生院，从事集成电路和跨学科研究。法国深厚的人文底蕴让他对科学与人文的融合产生了极大的兴趣，他和学生每周在餐厅对话，一起发现科学的奥妙，享受思考的乐趣，这是他创作这本书的契机。

节气、历史、人文等各个领域。正如作者汪波在序言中所说，在这本书里，所有的科学知识都是可以理解的，所有的学科都是相互关联的，都有相通之处。

小马哥：

听起来很神奇的一本书，如果所有的知识都能融会贯通，那么是不是所有的学习都变得举一反三，容易了很多？

安子：

没错，长期以来，一提到科学知识，大家就会想起图书馆，想起课堂，似乎科学知识都是晦涩难懂的，但《时间之问》把科学的知识变得通俗易懂起来。科学在生活中随处可见，不再被关在象牙塔内，也不再被束之高阁，生活处处、时时刻刻都有科学的存在。这种存在在作者笔下是奇妙的，也是有趣的，连一张 A4 纸都可以引发神秘的数学规律，让我们看到身边无处不在的科学迷宫。

小马哥：

时间是永恒的馈赠，数字是时间的话语，音乐是时间的奏鸣，生命是时间的脉动。这本《时间之问》是一本从时间说起的大百科全书，有空的时候读一读，不仅可以学习各种知识，还可以加深对这个世界的认识。尤其对加深知识的相互关联性的认识，对提高学习能力和认识的逻辑性都有很好的帮助。

语录： 如果我们把电荷比作雪花：雪花的飘落构成了天上雪花的漫天飞舞，而落在地上的雪花逐渐堆积，构成了眼前美丽的雪景。你既可以通过观察飞舞雪花的密集程度来判断一场雪的大小，也可以通过屋顶上雪的厚度来推测雪的大小。或者你也可以把电荷比作水滴，既可以通过雨滴的密集、也可以通过地上的积水来判断雨势的大小。

只要一个卫星上的时间偏差百万分之一秒，就会在 GPS 接收器上产生 1/5 英里的误差。

时间的节拍，通过宇宙间固有的节律就可以被永久确定下来。

——《时间之问》

第五部分 《应物兄》

小马哥：

最后，我们来聊一聊另一本荣获今年茅盾文学奖的小说——作家李洱的作品《应物兄》吧。

安子：

好的。获得今年茅盾文学奖的 5 本书中，最受关注的就是《应物兄》。尽管对这本书评价不同，但瑕不掩瑜，《应物兄》获得茅盾文学奖实至名归。

说到《应物兄》，我们先来聊一聊这本书的作者李洱。李洱因《应物兄》荣获"第十七届华语文学奖·年度杰出作家"奖。李洱的成名，和现任德国总理默克尔有关。2008 年，默克尔将李洱的作品《石榴树上结樱桃》的德文版送给当时的中国总理温家宝，点名要和李洱聊一聊，于是一个月后，李洱就坐在默克尔的对面。

小马哥：

不管什么样的文化背景，好作品都会受到广泛的欢迎。那么李洱的《应物兄》讲了怎样一个故事呢?

安子：

《应物兄》是李洱继《导师死了》《午后的诗学》等学院小说之后，描写大学校园里的老师们的工作和生活的

李洱，1966 年生于河南济源，曾为《莽原》杂志副主编，中国现代文学馆副馆长。李洱曾经获得第三届、第四届"大家文学奖"荣誉奖，首届"21 世纪鼎钧文学奖"，第十届"庄重文文学奖"。

一本小说，展现了 30 年来知识分子的生存现实。在书中，应物兄是大学教授，一名高级知识分子，连副省长都自称是应物兄的粉丝。然而就是这样一位知识渊博的学院派，在济州大学筹建儒学院时，在济大校长、著名教授、知名书法家、考古学家、生物学家等学者以及副省长、商业精英等多元复杂的人际关系和事件、各种利益纠缠中，人格逐渐粉碎。这本书的好看之处在于，它不仅写了大学老师们的工作和生活，还有政治、商业和学院三界尔虞我诈的浮世绘。作为各方利益纽带的"中间人"应物兄只能随着各方的利益和欲望随波逐流，最终节操尽毁。不仅夫妻关系名存实亡，恩师对他失望至极，连省长也嫌他迂腐顽固。应物兄放弃操守最终带来的并不是青云直上皆大欢喜，而是心力交瘁满盘皆输。

小马哥：

哦？儒家思想强调"学而优则仕"，鼓励知识分子积极入世，齐家治国平天下，没想到儒学院也充满了利益纷争，尔虞我诈。

安子：

没错，应物兄这个高级知识分子，在老婆眼里是满身酸腐，而在商界大亨和省领导的眼里只是一个有点利用价值的学术符号。应物兄出任儒学研究院"太和院"的常务副院长名正言顺，只可惜这个研究院并不是真正做学问的地方，而是各方争权夺利的利益枢纽。这种局面既不是应物兄造成的，也不是应物兄可以把控的，这是社会的问题。

研究院背后的发动机和助推器其实就是权力和资本。所有的学术专家、教授学者都直接或者间接地做了权力和资本的奴隶。

这本书充满了讽刺的意味，小说里最大的政界人物是副省长梁招尘，后来被记大过处分，突然免职。这个副省长很会讲官话、讲套话，免职之后回到乡里，完全被打回原形，一副糟老头子的模样，再也不是当初一呼百应的官员了。

官位低于梁招尘的另一个副省长栾庭玉，在 8 个副省长中排名第五，负责教育、卫生、科技、环保、城市管理和交通，也是小说里重点描写的一个人物。最后他因为介入城市的拆迁工程，有了情人，被妻子举报，被双规了。

书中学界的代表人物大学校长葛道宏不学无术，人云亦云，没有操守，唯一的本领就是跟风随大溜，最终结果是被调离。

书中最重量级的人物、儒学院的本源、身在美国的儒学大师程济世，虽然被国内的各路人士看成发扬儒学的炙手可热的人物，但他最终也没有什么好结果。小说中对程济世的讽刺意味也是很明显的：虚伪、矫情、多变，他的儿子与儿媳妇最后的下场也很惨。

小马哥：

那么应物兄的下场呢？他最后怎样了呢？

安子：

应物兄在去探望一名新生儿的路上遭遇了车祸，生死

《应物兄》是李洱创作的长篇小说，首发于 2018 年《收获》长篇专号秋卷和冬卷，由人民文学出版社于 2018 年 12 月出版。2019 年，获得第十届茅盾文学奖。

未卜。

小马哥:

哦？这名新生儿是谁的孩子？应物兄为什么要去探望？

安子:

这就是这本小说最终的讽喻所在。这名新生儿是儒学大师程济世的儿子在国内时，与应物兄的学生易艺艺所生的孩子。这个易艺艺是应物兄所在高校的代理校长董松龄的私生女。所以事实上，儒学大师程济世和代理校长都很关心这个孩子，因为这个孩子也是利益链的重要节点。

这本书最终的结局，应了《红楼梦》里的一句话："机关算尽太聪明，反误了卿卿性命！"应物兄最终生死文中并没有点明，但纠集了各方利益关系的太和研究院，最后面临被自己的亲生母亲掐死的命运。但不管应物兄最后有没有死去，其他老兄们也会继续应物兄的故事，继续应物兄的无耻与厚道，继续在权力与资本、学术与阴谋、欲望和利益的大网中扮演应物兄的角色，成败得失，早已注定。

小马哥:

这是知识分子群体的生存现实，也是这个群体所要面对的尴尬境遇和遭遇的精神危机。

今天我们的节目为大家推荐了 5 本 2019 年的年度好书。它们分别是荣获茅盾文学奖的作品《北上》，荣获中国自然好书奖的作品《与虫在野》，新中国成立 70 周年

小说围绕济州大学儒学研究院筹备成立和迎接儒学大师程济世"落叶归根"两件事，以"应物兄"作为轴心人物，上下勾连、左右触及，相关各色人等渐次登场，描绘了一幅丰富多彩的当代社会特别是知识分子生活画卷。

献礼书系列童书《儿童粮仓》，科普读物《时间之问》和荣获茅盾文学奖的小说《应物兄》。有时间的听众朋友们可以读一读，特别是在即将到来的春节期间，可以买来读一读。

今天的节目就到这里结束了，感谢大家的收听，感谢安子老师。

安子：

感谢大家，祝大家工作顺利，万事如意。

摘录： 神经若是处于高度亢奋的状态，对于身心是不利的。沮丧有时候就是亢奋的另一种形式，就像下蹲是为了蹦得更高。一个人应该花点时间去阅读一些二流、三流作品，去翻阅一些枯燥的史料和文献。它才华有限，你不需要全力以赴，你的认同和怀疑也都是有限的，它不会让你身心俱疲。半认真半敷衍地消磨于其中，犹如休养生息。不要总在沸点，要学会用六十度水煮鸡蛋。

——《应物兄》